我身边的鸟儿

WO SHENBIAN DE NIAOR

津渡 著

广西科学技术出版社

目 录

第三辑　鸟的光阴

第四辑　山光鸟影

第一辑 近水知鸟

鸟，是这个世界上真正的国王，它们纵心所欲，无所不能。大自然倾力眷顾，把它们生就得格外轻巧，身体的每个零部件都像是经过了精心的设计，轻便、俭省、简约，却又功能齐具，结合得紧凑有效，没有一丝一毫的冗余。凫游于海，翱翔于天，那是自由自在，来去无拘，畅行于云水间的逍遥。在大地上，或奔走，或休憩，羽毛上反射熠熠光华，在清风中鼓翼鸣噪，承接林壑间的清气和遍野的花香，那是仙风道骨、脱尘出世的风貌。

窗前的鸟

窗子和海堤之间是条小河汊，河水并非清流，浅而壅塞，长满了凤眼莲、慈姑、野芹、十字草。两个月之前，一对苦恶鸟在这里安了家，一到暮晚就“苦哇——，苦哇——”地大叫，单调而迟缓。我曾经小心地跟踪，看着它们迈开膝拐在水草丛中找食。寻寻觅觅、停顿顾盼之间，它们张开绿色的尖喙一通穷叫，嘴角与鼻根处鲜红，倒像是一抹血迹。说来也怪，前些天小河尽头出了点事故，死了个人，它们不叫了，连踪迹也无。

河道两边树木甚杂，构树、合欢、大垂柳、樱花树、变色木芙蓉、油松、马尾松、刺槐、樟树、柿子树，杂七杂八地生长在一起，一旦风起，它们就揪耳扯鬈，分合偃仰，全无秩序。林子猛恶，却是鸟儿们憩身的好去处。这几晚我睡不安稳，总是被它们吵醒。凌晨三点，那只老鸹就会在河对岸的油松上准时叫开，“呜——哇”，尾音短促而喑哑，一如守更的老苍头在破城门洞里的咳啾。传说老鸹子睡觉也像人一样，需要一个枕头，我想它大概是半夜里失了枕，心情有些不好，况且它叫一叫也就停了，所以我也懒得去认真理会。

五点多钟，曦曙从海平线上漾起，林木间令人愉悦的音乐会就开始了。黄腰柳莺的身子格外娇小玲珑，它们一大家子在槐叶间窜来窜去，也是轻捷自如，毫不费力。即便它们淡黄的眉纹下，一对黑眼珠前各有一块大大的泪斑，也不妨碍它们及时行乐。它们不仅爱扎堆，而且互通声息，相互应和，鸣叫声时而清晰有力，时而温柔婉转。而当它们忽然停止跳动，听着当中的一只静下来专心歌唱，“笛啾嗞——喂儿——”，它嗓眼里的婉转和着轻柔的鼻音，就像两枚面值一分的硬币在轻轻地刮擦与转动，那里面丰富的情感使我忍不住要落下泪来。

白腰文鸟也是性情活泼的鸟儿，它们像绒线团一样在枝梢上弹跳。雄鸟的口哨尖细悠长，而雌鸟叫声短促，一声迫近一声。北红尾鸲算得上是这片林子里的嘉宾，但它们娴静得多。它们在林子里充当的角色，恰似翅翼上那一点雪迹似的白斑，一连串细柔的哨音从灵巧的舌尖上弹跳出来，就像是在轻快地清除喉头里的淤泥与苔丝。

北红尾鸲

有一种鸟儿，鼻梁上也有一簇毛，很像是八哥，慢慢飞起来的样子也像个“八”字，但它们显然不像八哥那么偏爱黑色，也许在它们看来，纯正的黑色实在太过严肃，顶多只能用作装饰，所以它们只在头顶、面颊、喉颏部略加点缀。除此之外，它们一律一身灰蓝的装束，像极了打短工的浙北农民。天明时，它们一群一群地飞来，一边啄食构树上鲜艳的果实，一边在口腔里弄出“咯咕，咯咕”的声响，因此本地人把它们叫作“树嗑”。而在我老家，它们被称作“筒子八哥”，大概因为它们生就了一张圆筒似的嘴巴吧。其实它们有个好听的学名，黑头蜡嘴雀，远比这些诨名来得形象。

白头鹎是窗前最常见的鸟儿，竹枝上、树梢上全是它们活动的身影，它们太吵了，相互插着嘴，叫声杂乱且无规律，“唧以——唧以——”“喳儿——喳儿——”，我听到它们最完整的话语大概就此一句“雨此秋儿——就来”。站在秋日叶片零落的枝头上宣言，它们是如此见微知著，真不枉少年白头。

在我老家的秋天，戴胜是寻常的鸟，它们并不太怕人，总是穿着黑白条纹服，头顶斑纹的伞盖，在开阔的小麦地里一溜儿小跑。但在这里，我只见过一次戴胜，身上却是棕黄色的条纹。本地人把它们叫作“臭姑姑”，真难听，要知道在湖北的乡下，它们可是被唤作“花蒲扇鸟”的。它们只是在小河尽头的那片空地上光临过一次，再也未让我一睹尊容。

近水知鸟

沿着我窗前的小河南行约百十米是入海口。入海口边上有块狭长的湿地。湿地前面是滩涂和大海，后面则是沙坡、树林、海堤、护堤河、水塘、农田和村落。

七八月份天气燥热，蝗虫和蚱蜢飞满沙坡，麻雀便不请自来。麻雀是亲近人的鸟儿，它们吃饱了，就在离我不远的地方“叽叽喳喳”地交谈，胆子大的，甚至还会在我车窗底下沙浴。我往常见到麻雀在水塘里洗澡，它们总是轻捷地飞临水面，小心翼翼地垂吊一双粉红小脚，用力扑扇双翅，悬停在空中，漾动脚下一圈又一圈细小的波纹。忽而，它迅疾地俯下身去，头颈在水涡中轻捷地一剜，便振翅飞起，然后在水洼边歇下，扭过头，鸟喙伸进背翎里振动起来，梳理打湿的羽毛。这个过程节奏分明，短暂而迅捷，不过是呷一口茶水间的事情。

至于沙浴，则要从容许多。它们大大咧咧地扒出一个个深浅不一的沙窝，缩着身子跳进去，倾斜身子的一侧，先蹭一蹭翅下的肋骨，再抖动羽毛，弹出绒毛中的沙粒。然后，再换另一侧，这样反反复复，约莫一盏茶的工夫，它们洗好了，就一动不动地伏在里面，用前胸去承接地下的湿气。这些小家伙们也不乏情调，一些雄鸟往往在边上装模作样地跳来跳去，瞅准时机，扑地一下就跳到了雌鸟的背上……这样饱食无忧、优哉游哉的生活，还有什么好苛求的呢?

园林莺本来是树林里的情歌王子，但在这个“美味乱飞”的时候完全顾不上歌唱，它们见机行事，临时加入了这个“采购团”。它们是警觉的，一旦叼起虫子就会睁圆双眼，左顾右盼一阵，然后尽力地竖直身子，翘起尾巴，像个僵直的字母“L”一样，在沙地上滑稽地小跑上一段，忽地一下飞起。

树鹨是我最早认识的鸟儿之一，我对它一直印象深刻。我六岁那年夏天的一个傍晚，曾亲眼看到一只伯劳追逐它，它惊惶飞起，把一团尿液似的东西洒溅在我额上。后来，我的额头上生出了两粒麻子，在知道天花这档子事之前，我可是把这笔账算在它身上的!

说起来，树鹨和麻雀有些相似，但身段比麻雀修长、英武得多。树鹨头上的黑斑条纹细密而有序，就像一个黑人姑娘认真结成的一头小辫子，一根一根向后细心地排列在头上。发髻的一侧下面是一条精致的白眉，继而是略带菱形、又黑又深的眼珠，它的喙尖细而挺直，异常精致。总之，它的确是好看的鸟儿。可惜的是，它太胆小，天生要做出一副惹人生怜的样子。我常见它形单影只，悄悄地前来觅食。它飞得不高，也不快，好像有意要模仿麻雀，在低空中身子一纵一纵地飞行，不过它学得不像，身子在风中纵起来了，但在空中暂停的当口，两个翅膀却像轮子一般打旋，飞出不远，它就要落下来，抓住一根灌木歇脚。一旦逮到虫子，它就显得更加惊疑不定。我明知它的巢就在我身边的灌木丛中，也只好装作不知，看着它在我眼前尽情“做假”。它“知意——”一声，声音清亮又短促，故意要吸引我的注意，好像是和我告别了之后，好去别的地方。待到吃力地飞出去好远，这才折转到河坡背后，再悄无声息地绕回来。

沙坡过去，是河塘和秧田。经常潜伏在草莽与秧苗中觅食的是另外几种鸟儿，与麻雀、园林莺相比，它们体形巨大。黑水鸡通体乌黑，两肋各有一条白纹，像是结在玄衣上的白绸带。它们绿脚、黄嘴，自鼻腔之上覆盖鲜红的额甲，常常闷声不响地在河道和水塘边的菖蒲林中觅食。每每在水中游走，雄鸟在前，雌鸟在后，它们端正身子，头颈一伸一缩地往前游，就像牵拉着两只皂靴在水纹中滑行，格外的神气。我

黑水鸡

往往一动不动地匍匐在水边，看它们自由自在地游荡，这般优游无拘的生活，让我好生羡慕。

秧田里，小心谨慎觅食的是秧鸡。它们有略带暗灰的面孔，奶渣般白色的眉纹与眼睑，看上去十分沉静。从颈子到后背，则是黄褐与墨黑的纵条纹夹杂相间。腋下，却是芦花条一般的黑白横纹。这样的装饰，常让我惊叹不已，它们与秧苗、水影如此自然地过渡，又相互契合，形成了天然的保护色。

在秧田里活动的，还有董鸡。缘于它的叫声，老家的人称之为“炖鸡子”。它们的身体圆胖，雄鸟通体乌黑，红冠红脚，雌鸟同家鸡相似，全身麻羽。它们性情羞怯，常常远离人群，在浅水中觅食田螺、青蛙与小虾。薄暮时分，农人晚归，虫鸣蛙噪，四野渐渐安静。它终于放开胆量，在秧田一角大声武气地鸣叫，“炖——炖——”，格外洪亮。因此，这“蠢”鸟儿时常会成为猎枪下的冤魂。还是饶过它吧，把它放在砂锅里，用猛火炖上三个小时也炖不烂。幼年，我亲眼看见邻居把它连着锅子恨恨地倒在水沟里。

鸟的踪迹

天气转晴，我本意要去看看泥滩上鸟儿们印下的脚迹，不料台风过去，潮水仍然很大。既是大潮，清早来捞鱼的人就不在少数，数百人赶集似的围着入海口的那个小湾子，大呼小叫地迎着潮头架网捕鱼，在堤岸边站得密密麻麻。

南台头闸，整个华东水利枢纽工程中最大的泄洪口，不仅轻松地泻下了太湖、运河和数不清的小河汊里淹积的雨水，而且带来了大量的淡水鱼。那些鱼儿们哪里知道，随着水流迸发，竟然会一头扎进咸腥的大海，忙不迭地扭转身子，迎着洪流奋勇地洄回。洪涛浩浩而来，挟裹了两岸的泥沙、河底富含养分的腐殖质，以及水面上漂浮的水藻，因此鲻鱼、海昂刺和海鲈也就从近海里争先恐后地赶来，择机觅食。

最早发现情况变化的是鸥鸟。它们视力敏锐，海面上一丝一毫的动静，都逃不脱它们的监视。于是，它们在天空里盘旋，“晏——晏——”地大叫，呼唤海岛上的同伴。很显然，它们低估了另外一种生物。老练的捕手们听到了叫声，心潮起伏，赶紧收拾好渔具，抢先赶来……从古至今，这个世界上，从来没有什么东西能比人心更加曲折幽深，也没有什么能比人的念头转得更快。他们来了，接二连三地投掷瓦砾，不一会，就把那群气悻悻的鸥鸟撵离了闸口。

这情形，不说鸟的足迹，怕是连一片鸟影也难求。我心下暗自叫苦，却也无计可施，只好避开他们，跑到分水坝的一侧，静静地伏下，冀求鸟儿胸腔里的那颗小小心脏没有受到干扰和惊吓，能够勇敢地飞回来。

日上三竿，鸟儿们依然没有出现，我背心里却开始热汗浃背，眼睛也随之酸胀起来，近水滨的那些水葫芦在海水里漾来荡去，不一会儿就在视野里迷离成一片。我心里要打退堂鼓，只是暂且还不敢妄动。我担心它们本来就在林子边缘张望，一旦我站起身，吓跑它们，岂不是前功尽弃。这样反复思量，不觉腿上一凉，低下头来一看，却是一条水蛇爬上了腿肚。都九月底了，竟然还有蛇，这个不大不小的“恶作剧”害得我连着望远镜一块跌到了水里，而我却只能目睹它在波浪中扭动曼妙的长腰，施施然远去。

这样吃了一次惊吓，待到我把镜片拭干，脱了靴筒，再次不甘心地从分水坝一边慢慢探起头来，竟然看到鸟儿们意外地出现了。

一只，两只，三只……我屏住气，数了又数，这才确定一共是九只白鹡鸰。看样子它们是一大家子，彼此复制了同伴的面貌，它们面容清癯，“衣饰”简淡，以灰白两色为主，背上一袭瓦灰色的“披风”，白脸，白腹，颈下一个心形的黑团。这些鸟儿很闹，“叽哩——叽哩——”地叫个不停，一刻也不肯停歇。先前，它们还只是各自单独游戏，每每占据一块石头，在那上面跳过去，又跳过来。后来，它们乱成一团，在乱石堆上追赶嬉戏。有两只还颠着脚，跳到了被海水泡烂的水葫芦叶柄上。另有一只别出心裁，飞上了驳船与铁锚之间的绳子，随着摇摆不定的海水大玩“平衡术”。

大约过了半个小时，它们不闹了，我这才看到沿着另一条分水坝过来的水滨，不知何时竟来了一群鹭鸟。七只小白鹭依次分开，约隔五米远便站一只，它们竖起头，像衙门里站班的小吏一样，并排兀立着。秋日里，它们的毛色不再鲜亮，尾羽发黄，站在浑浊的海水边，稍稍有些落寞。我惊讶地发现，坝角还站着另一只鸟，它竖着一张琵琶状的灰黑长嘴，透过望远镜，甚至看得到它鼻梁上一条条丝弦般排列的皱裂。自下而上，倒八字的一对鼻眼，鼻根后部深陷至额基，两眼凸出，眼先微黄，眼周至嘴基全黑——竟然是一只罕见的黑脸琵鹭。它本来是骄傲而高贵的鸟儿，但整个场景却忽然使我想起了一些物事，我明知这些鸟儿的组合乃是无心之作，但心里还是隐隐有了一个喻象，反倒使我格外难过。

我到岸上一片樟树的林子里去了，柳莺在头顶上，鸣声密织。也许是我在海堤上抽了根烟，它们闻到了我身上的烟味，始终未让我看到它们的身影。我后来还看到一只大鸟从林中跑过，我本以为是只野雉，林木间空隙甚大，我只好卧倒在腐叶积满的沟渠里，没想到它后来再次出现，竟然对着我的镜头走了过来，我这才发现那是一只“家奴”——麻鸭。这地方本来就离人不远，一阵哑然失笑后，我站起身来，又闻到一股恶臭，一摊“人中黄”就在我卧倒处的边上，几只苍蝇在上面搓脚捻手，赶在冷季到来之前享用大餐。

赤麻鸭

农人和鸟

黄昏，经过落塘村，我特地停了一停。临海的那片湿地，如今大部分都填上土，种了绿草和植株，意在建出环海的生态公园。落塘村这一带启动得稍晚，沿海堤还留着几个水塘，养着些鱼儿。因而我才能看到薄暮时分一阵拍打堤岸的海潮，一片倾斜的天空，一个歪戴了斗笠、在塘坡间逡巡的农人。

七八只大白鹭似乎并不太怕人，像几只保龄球，立在水塘黑黑的另一角，那意思再明显不过，无非巴望着农人早点儿离开，再到塘坡下的水边啄上一两嘴，借机叼走几条小鱼。农人扶了扶斗笠，压低咳嗽，然后走了。它们才挪了挪颈子上那个接着长嘴的头颅，而后松开，伸直，慢慢提起脚往塘坡下去……

前些天我收到一期杂志，封二与封底有两幅关于农人生活的图画。一幅是夫妻俩从田间回来，男人扛着把镢头，一手倒提着一只黑水鸡；另一张是男人把一条狗儿放倒在石台上剥皮。画面充满动感，也不乏某种力量，但我看了这两张图片，心里却有说不出的难过……我楼上的人家养了一群小狗，我曾经把手递给叫作“亮亮”的那只，让它搭着，把它从小河里拉上来，它从此跟我结缘。有时候，我还没看到它，它就从很远的地方跑过来了，在我腿上、手上、脸上蹭着、舔着。雨天，我开着车，从后视镜里竟然发现它跟着车在奔跑，浑身湿漉漉的。这份感念与依恋，顿时使我觉得生活如此美好，这可爱的小生命直接闯进了我的心灵。

幼年时我和母亲在水田里扯稗草，有时惊起了苦恶鸟、董鸡，母亲就会念叨着“吓着它们了”，要好生一番叹惜。鸟儿和我们头顶同一片蓝天，同在大地上生活，离我们越近就越是福泽，农人们大抵都有这样的认识。

当喜鹊在村头的老树上垒了窝，每天清早站在枝梢上，一边翘起花尾巴，一边“驾驾——”或者“客客——”地鸣叫，心中的喜悦也就像泉流一样淌出来了。在这叫声里，迎着早晨的太阳去田边地头，捏在虎口里的锄头柄、铁锹把，也觉得格外的真实和有力。后来它们产了卵，孵出一窝雏儿，忙忙碌碌地飞进飞出，抚养幼鸟长大。这完全是大地上的一幅生计图，与我们的生活又有什么两样呢？

至于麻雀，它们在门墙洞里、檐下的瓦缝间和仓房隔板下，衔来布片与鸡毛，伶俐地建成一个个家。一大群整天“叽叽喳喳”的邻居这样叫着、飞着，甚至在我洒下谷子喂鸡时，它们也混进鸡群里去啄食，这是多么安谧与恬静的画面。与它们不同，燕子是候鸟，在春天里回归，每每斜穿柳丝与雨帘，飞到肥沃的土地上空，捉了虫子，再飞回来，栖在堂屋神龛上边的泥窝边，张开了嘴叫唤。我看着它颌下那块没有羽毛的鲜红皮肉，就会油然而生一种神秘感，进而心生敬畏。

在乡下，只有不晓事的少年郎，或是“二流子”一样的闲汉，才会去抓鸟、打鸟，我未曾见过农人们不务正业、放下手头的农活去侵害鸟儿。他们顶多在地头上伸直发酸的腰身，去水边摘一片菖蒲叶子，抿在嘴边模仿鸟鸣吹出哨音。要么，他们嘴角咬着根草茎，装模作样地学鸟儿叫唤“阿公阿婆——割麦插禾，阿公阿婆——割麦插禾”。这是善意的，这些农人都是爱着鸟儿的吧。

与鸟为邻

院子里的鸟儿越来越多。昨天傍晚，我从围墙边散步过去，意外地听到了小珠粒儿弹跳一样的叫声。这是一种很特别的双音节鸣音，音调虽然低了些，但音节之间却是非常清晰。我凝神寻找，果真在几株琼花树中间发现了那只“鬼鸟儿”。那是一只斑文鸟，叫它鬼鸟儿，倒并非说它不吉利，而是因为它生就的模样。连头尽尾，十厘米长短，腹部密布鱼鳞状的白斑，下半身一个圆锥筒似的身体。从颏下到喉颈，直至整个面颊，深棕褐黑，模模糊糊的一团不甚分明，只能看见喙尖往后，突兀地变得异常宽阔，又是一个圆锥筒似的嘴巴。这副装束如此的滑稽，乍一瞅见，就要让人忍俊不禁地打趣。小时候，我和玩伴还把豆娘叫作“鬼蜻蜓”。现在想起来，它身体纤细，眼距比胸脯还要宽，恍恍惚惚拖曳着水袖般的纱翅，不免让人忧心，生怕它一时不虞，顷刻薄命将销。这是另外的一番感受罢了。

眼见我走近了，这聪明的鸟儿立即报警，像是从舌苔下支起一根小弓弦，迅速地绷紧，“谁的，谁的”一阵乱叫。果然不出我所料，相距不远，另一只从一蓬黄杨木下机灵地飞出，扑腾到了枫树高高的枝条上。其实，这对小夫妻的担心纯属多余，过不了多久，它们就会明白，眼前这个五大三粗的汉子，实在是个再和善不过的亲邻。如若不信，它们可去问问院子里的伯劳。刚住进这院子里时，一旦我走近，两只伯劳就可着劲地大叫，“喳——碴儿——碴儿——”，仿佛我天生是个找碴的主儿。现在可好，只要我靠得不是太近，它们也懒得理会。它们埋头找食，捡到草地上的虫子，吞咽下去，还会对着我撒欢，“靓——靓——”，这声曲显见是愉快的，我当然能够明白它们内心里的惬意。

院子里还有两只白点儿，我猜想它们是从海滩边过来的，究竟是从何时“移民”，我不清楚了。去年冬天，我观察它们平常飞行的线路，大致猜测到鸟巢是建在图书馆屋顶的坡角，可是我下不了决心去瞧个端倪。我怕自己一时多情，反倒会唐突“佳人”。图书馆和食堂对望，中间是座假山和一个小水池，还有一条绕行的过道，捏着土豆丝饼、匆匆忙忙去借书的女孩子，偶尔会在路上掉下几块鸡蛋皮或者几根土豆丝，我想这大概是它们把家安置在这里的一个缘由。下大雪的那阵子，这两只白点儿可没这么好运。雪茫茫的一片，它们找不到虫子吃，傻傻地站在小餐厅前，扭扭捏捏，屁股不停地点来点去。后来，好心的胖厨娘夹了一筷子煮熟的胡萝卜丝，洒到雪地上，才帮它们渡过难关。

白头翁是院子里数量最多的鸟儿。它们不怕人，把巢筑在房舍边的林子里。它们栖息的地方，我至少已经发现六处。它们不挑树种，随意在银杏树、橘子树、石楠树和榉树上筑巢，它们甚至还学麻雀在空调的室外机背后筑巢。这是再平常不过的鸟儿，可是我对它们始终充满了复杂的情感。尽管白头翁的鸣声荒腔走板，显得极为缭乱，毫无规律可循，但是不管发出何种声调，无一例外，几乎都混杂一种挥之不去的悲怆。春天的早上，煦暖的太阳悬挂在屋顶，一大片黑麦草青幽幽的，就像从魔术师的膏药管里挤出了大团的绿云，一派生机盎然。可是，有时你会发现，就在草地上方，高大的银杏树顶端，最高的枝梢上，那里有一只白头翁，仰起白头，对着天空异常响亮地告白：“可苦——哩，可苦——哩嘻——”，如此败兴的控诉，不由得让人顿生沮丧。

院子里活动的柳莺也很多，只是还不太情愿住进来。除了在超市背后的一条红花檵木的树篱内找到一个鸟巢，我再也未能在院子里找到其他的住处。而那也只是前方的一个哨所，主力部队驻扎在院墙外的柳林下，一大家子，估摸三四十只，几乎全在那里。虽然它们不是近邻，与我隔河而居，我还是把它们当作嘉宾。我实在是喜欢它们的身段、眉眼，和那吹哨笛一般的曲调。

按理说，麻雀应该是院子里最多的鸟儿。不知怎的，院子里倒是很少。我确实认真地数过，总共也才五六只，就住在招待所的外墙上。那里以前拆掉了一台旧空调，留下好几个孔洞。有几次，维修队的人说影响外观，要把那孔洞糊上，可是我不同意。我的理由是为了这几个小洞，搭脚手架不合算，也怕不安全。维修队队长居然很当回事，还把我这“旨意”传达给了每个工友，说是我交代了的，再也不要去碰那里。他们哪里知道我心里暗藏的小九九，这几只麻雀，好不容易才住进我们的“招待所”，怎么好轻易地就撵它们走？我心下可是希望更多这样的邻居住进院子里来。

碧水飞翠

我苦觅了很久，才在丰山脚下的水库一角发现它的踪影。那里有陡峭的岩壁，清澈透亮的水波，以及从岩壁罅隙里伸出的虬曲的树根。我果然见着它紧缩脖颈，敛住身子与腿爪，一动不动，蹲在逸出水面的一截树根之上。

清晨，霜白的天光，林下有风，岩下有水，石壁青色的倒影里，吹出一匾粟米粒儿似的水纹，愈发增添了几分静谧。已而红日初哺，太阳光从石棱边斜掠过来，洒照在它背上，才把它的美展现得淋漓尽致。我能看到石壁上一梗荷苞似的剪影，那是树根和鸟儿大致的轮廓在映照之下极为简略的影像。水汽氤氲，上下不断地翻腾，橘黄与橘红的太阳光斑游移不定，赭石、黛青、乳白、青绿和洋红，镶边嵌丝般，烘托出一团宝蓝与靛青，这才是翠鸟的真容。它是潭水心头的爱物，是在水面上展览的一块翡翠，流光溢彩，折射出亦真亦幻的斑斓。

这真是让我着迷的鸟儿，上天的造化恩赐，才使它出落得如此的惊艳。它的尖喙闭合，饱满而有质感。从喙尖的青色开始，隐隐镀着一层薄膜似的，紫红的哑光，渐渐加深，一直过渡到黛色的鼻根，就像一根碧玉簪的尖头。鼻根处，是赭黄色，一撮好像仔细修整过的须髭，跟着是乳白的斑点，玉璧般浑圆的眼珠。瞳仁里，仿佛飘浮着云母的薄片。在它颔下，那是一个终年不化的雪窝。连着的腹部，一大片赭红，倒像是新贴上去的黏土，尚未完全干透，鲜活又滋润。最美的还是它的头颈和后背，后脑上就像一大块洋

翠鸟

蓝，缀着青绿斑点的玛瑙，光线往后铺开，跟着是瓦蓝的双翅，中间一道披着闪烁不定的背羽，靛紫、宝蓝、翠绿，随着光线一起翕张，在眼中交相辉映，就像一束恣意燃烧的镁条……

其实它是孤独的，偌大一潭碧水，在微风中无声荡漾，它形单影只，默默守候在那里，更像是个孤魂。为了那点小小的生计，它总是选择在僻静的一角，默不出声，紧盯水面，苦苦等待稍纵即逝的机会。

它孤苦的一生，我幼年时便有所了解。只有寻求配偶、孵卵育雏时，它们才会成双成对。大多数时候，它像个独行侠，一力承担自己的生活。说起来，它捕鱼的技巧也许并不算高明，只有在水质优良，清亮澄澈，而且水面表层鱼儿密集的地方，它才能大显身手，对昏黄污浊的水域，它则是一筹莫展。

它钉在竹竿、网架或是树根上，忽然看到涟漪下放松了警惕游弋的鲦鱼、绿豆鱼、小泥鳅，这才松开嫩红的爪子，顺势一蹬，箭一般地直冲过去，长嘴一刺，夹起小鱼飞起。这只是驾轻就熟的一个小小技艺。它有着实令人吃惊的表现。头颈压低，双翅箕张，在枝梢上蓄势待发。它终于飞出去了，“轰”地一下，像鱼雷一样穿透水面，瞬间又扬起双翅冲出。

冲出水面的那一刻，它是何等的勇武大气，破浪而出，珠玉四溅，钳子般的长喙，牢牢夹紧收获的猎物，而那尾小鱼儿，只能哀叹自己的不幸，甩着尾巴，徒劳地挣扎。

这“偷鱼贼”也有胆怯的时候，当它发现早有人在一旁窥视，就惊惶跃起，竟然在空中洒下一道细线似的尿迹，朝着对面的山峦飞去，好像就此逃离作案现场，一溜烟回家似的。有必要说明的是，那对翅膀扇动的频率可不是一般的快，就像两个加速旋转的轮子。但这套声东击西的把戏岂能骗得了我？它的巢就在岩壁上，上下左右笔直光滑的岩壁中间，那个黑黑的圆孔正是它的家。

小时候，我家门前有条叫芦花沟的小河，水流清浅，鱼虾成群。每每碰到筑屋建房，大人们就拖着板车到河堤上取沙。他们在背水的一面从上至下挖起，最后把靠近田畴的河坡挖成一面陡峭的沙墙。翠鸟就在沙墙中间筑窝，不数日，它们就挖出了一个又直又深的“窑洞”。这屋子除了能遮雨，还能防止水蛇和田鼠攀爬，真是座福荫宝邸。可惜的是，它们低估了我们人类，全然不知人类的心究竟有多曲折，又有多深。

凝神等待

捕猎成功

七月的一天，熬不过弟弟的反复请求，天黑时，我们背着大人抬了梯子过去。我们一边用小铲子从上向下铲除沙土，一边拿着小网子跟着铲子移动，严实地罩住洞口。这样细致而耐心的工作持续了约半小时，一直挖到六七十厘米深，才挖到它们眼前。两只被吓得呆滞了的鸟儿落在网兜里，再也不是两块翡翠，而是两块黝黑无声、动也不动的石头。我们用手电筒照过去，红光里还有五枚辉白的卵。这些神秘之物或许暗暗蕴含了上苍的旨意，但从那一刻起，它们的命运将不得而知。

秦山鹭影

依山而居，我拥有一扇小小的窗子。

北杭州湾曲折的海岸线被海水一路勾勒，分外清晰。天光晴好，我可以清楚地看到对面的海岛。隔海相望，白塔山、马腰岛、竹筱岛青幽幽地连成一片，大群的鸟儿在空中飞翔，在海面上投下黛色的暗影。鸟儿们飞得倦了，又跟随涌动的海浪回来。太阳高照，它们的翼尖闪动金色的光芒。有时候，它们直接回家，一径飞进秦山。有时候，它们会落在秦山脚下的滩涂上，静静地待上一阵。

滩涂不大，约两千米长，两百米宽，但对于鸟儿来言，不啻大自然恩赐的一方天堂。地势平坦，海水也算平缓，潮水退却，滩涂上留下了数不清的小鱼儿、磷虾和蟛蜞，确实不失为觅食与休憩的乐园。对我而言，这里视野开阔，凭窗看海观鸟，一览无遗，虽然借助了一点人工的便利，但自然的美德同样彰显无疑。我想，我是因缘获福。

早先，我工作的地方在这里。面对大海，推开窗子，左边就是秦山。十多年前，螳螂山被炸平，房子建在山基上，秦山就这样开始和我默默对视。同一座山，两千多年前，始皇东巡，他在这里观海，是何等气概，我无从知晓。山上的碑，也不能尽述。他走了，人们把他曾经驻足的地方命名为“秦驻山”。他走了，更多的人来了，一代接着一代。如今，山上还残存着壕沟与碉堡，这当然是晚近的事。即便如此，稍加揣度也会明白，一代代人的文治武功，终究是回天无力。谁真正地留下了呢？只有松杉与荆筱固守岩石，领受无际的海风与涛浪。时间湮灭太久，谁曾经在这里驻扎，谁来谁去都不重要了，人们连那个“驻”字也省略掉，索性称之为秦山。

二十多年前，这个地方被选为核电开发的一个厂址，中国第一座自主建造的核电厂就在这里。从落塘村南行直抵北海堤，出于对周边环境和电厂安全高度的重视和考虑，这里被严密地保护起来，绕海的秦山、螳螂山、方家山一带全部被列为禁地。除了电厂的工人和附近落塘村、秦山村、杨柳山村等几个村子里的渔民之外，鲜有外人前来。因而在外界的印象里，这里披上了一层神秘的面纱，是一方半封闭的土地，一个半封闭的春夏秋冬。

环境相对安静，但总像少了些什么。是人吗？来的人其实并不少，蓝眼高鼻、喜欢穿夹克衫和牛仔裤的西欧人；红脸膛、似乎特别偏爱穿短袖衫的加州人；留着浓密胡须、终年穿长袍的阿拉伯人；再加上工地上络绎不绝、来自五湖四海的管理者和工人；周六和周日偶尔有组团前来的参观者，一起聚集于这方小小的土地上，别有一番热闹。

白天，我们在房子里有条不紊地工作，日子过得平淡，但是富有规律。除了开会，我们在自己的工位上安心于手上的活计，打字、接听电话、发送传真、递交文件和材料。有时候，我们会因为工作上的事引发争执，激烈地争吵，但过后仍然会一起喝茶，收听广播里的新闻和音乐。午饭时间到，一起拿起饭盒，去食堂里打菜。闲下来的时候，我们也会成群结队地去看渔民捕鱼，权当看个稀奇，饱饱眼福，借以调剂单调的生活。那些渔民离我们远远的，背着鱼篓，卷起裤腿，他们的任务是在潮线边淘洗沙蟹，捕捉跳鱼，捡拾牡蛎。一切自然不过，习以为常，便也索然无味。

依山傍海，对着山林、礁石、涛浪、海岛，光有人，也是缺乏生气的。在浩瀚无垠的海面上，在天际，浮云追风逐浪，四处游荡，我们的办公楼像一艘巨舰，停泊在岸边，听任海浪一阵接着一阵、永不停息地拍打。安静本使人宁和，但过分的安静却能把人的心剥离得更加彻底，更加经不起磕碰。我们也尝试着去做些有趣的事情，比如在午间打打牌，下下棋，时间相对易过，但还是显得机械与呆板，这种人为的改变并不能圆融我们的内心。有时候，我们也去山间走走。山道萧索，尽管充满期待，但除了几只在松树上跳跃的松鼠之外，意外的收获也不过只是野兔在长草间蹦起时的惊乍。还有，在灌木丛里，甩着屁股、蠢头蠢脑觅食的狗獾。

我等待的是鸟。它们不仅在陆地上行走自如，还能入水上天，目力所及，几乎都能看到它们的身影。这样子，也就给了我无穷尽的遐想与憧憬。

鸟，是这个世界上真正的国王，它们纵心所欲，无所不能。大自然倾力眷顾，把它们生就得格外轻巧，身体的每个零部件都像是经过了精心的设计，轻便、俭省、简约，却又功能齐具，结合得紧凑有效，没有一丝一毫的冗余。凫游于海，翱翔于天，那是自由自在，来去无拘，畅行于云水间的逍遥。在大地上，或奔走，或休憩，羽毛上反射熠熠光华，在清风里鼓翼鸣噪，承接林壑间的清气和遍野的花香，那是仙风道骨、脱尘出世的风貌。倘若你又仔细观察它，看它静立在那里，美目盼兮，气定神闲，你就会发现，那里有一张脸，光洁，清癯，沉静，比这世上的任何一张脸都要干净。它们大多身段秀颀，举止轻灵，比起人类和兽类，既不会露出大腹便便、脑满肠肥的蠢笨模样，也不会因为那个庞大的胃而显得那么贪婪与自私。它们又是天然的歌唱家，懂得如何对着清风与水波歌唱，金谷玉粒，那歌喉乍一展开，就迸溅出来，像在雨水中浸润过一样，每一滴鸣叫都是那样婉转、瓷实和圆润。

有了鸟，一切都得以改变。几只鸟就能使一方空间灵动起来，继而救活一片土地、一片水、一片天空。无论是天空，还是大海、大地，眨眼间生机勃勃。

滩涂尽头，海水年复一年，把沙子推到坳角，堆积出一块沙洲。土地宽宏，它对任何生命都来者不拒。它听任芦苇在此扎根，茁壮生长，也任由娇小的苇莺和水鹨随之而来，安置它们小小的家。海风劲吹，泡沫飞扬，这些苇莺和水鹨却不以为意，飞来跳去，自得其乐，活得有滋有味。在漫长的岁月里，它们将从容地度过短暂而渺小的一生。

当海潮来临，海水上涨，芦苇齐腰浸泡于海水中，缓慢地倒伏下去，苇莺便会跳到苇絮顶端，毫不理会苇秆因为承受到重压在慢慢下沉。忽而，在双脚将要沾到海水的那一瞬，又轻捷地飞起，飞到另一根快要贴伏到海面的芦苇之上。它真像是调皮的孩子，一边乐此不疲地嬉戏，一边发出清丽高亢的鸣声。

当海浪偃旗息鼓，潮阵里的“刀刃”翻滚着退后，苇子重新站立，海水从苇秆上漉漉地滴下，苇管减去压力，发出清脆的噼啪声，慢慢直起身来，水鹨便欣喜地看着露出水面的滩涂。它早就相中了裸露出来的沙堆，在泥埒边目不转睛，不放走一丝机会。而眼下，也是苇莺等待许久的饕餮良机，它瞅准了苇根下，那里有来不及撤退的沙鳅、泥螺，以及各式各样扭来扭去、笨拙的小鱼儿。

我要说的是大群的飞鹭，它们才是滩涂上真正的主角。这些面容古淡的仙子们，大白鹭、中白鹭、小白鹭、苍鹭、夜鹭、白琵鹭、黑脸琵鹭，一起掌管了这片滩涂。

曾经，这里发生的故事令人唏嘘不已。就在这片小小的滩涂，径寸方圆不足几平方千米的土地上，

水鹨

产出了一种独特的小蟛蜞。农历正月十五，薄雪覆盖滩涂，渔民们赤着脚，寒衣上系着草绳，循着雪上的鸟迹去寻找这物事。运气好，是一个丰年，这种梅子一般大小的东西或可捡拾到一二十只。然后，这些“宝贝”被佐以花椒，浸泡在黄酒里，盛装在不同的瓷瓶中，蜡封了，美其名曰“秦山沙虎”，或是“秦梅”，作为进贡的宝物，小心翼翼地运送到官道之上。这种荒唐的行径终于在一九四九年后告一段落，没了官家催促，渔民自也不会心惊胆战地被驱使。

时光如水，渐渐将往事冲淡。只有鸟儿的生活从未改变，经年累月，它们恪守古训，遵从自然，按照本能来面对这个世界。

九月的太阳温和明丽，吸引我再次来到这里。远处，山岛竦峙，波光潋滟，渔舟往来，匆匆游行于一卷波光的图轴。在我身旁不远处，一个须发皆白的老渔民，看着潮水，在泥沟下焦急地取着网架，找寻余生的价值。这些大白鹭在滩涂上，并不急于取食，它们沿着长长的水线，对着海潮站定，面容清淡，神完气足，完全一派绅士风度。金沙般的阳光照射下来，它们的羽毛更加白皙，折射出烂银一般的光辉。一些大白鹭把脖子伸直，悠然地张望远方；一些单脚独立，吊起另一只长腿，蜷缩于腹部，凝神入定。更多的大白鹭则把它们鲜黄的嘴巴搁在嗉囊上休息，任由海风阵阵，吹拂胸前的短绒，一团一团，像大丽菊的花片悄然地开放，又悄然闭合。

中白鹭的脚要小一些，它们同样有一副鲜黄的嘴巴，喙尖的一抹黑色像是由沾了黑漆的羊毫传神地点就而成。它们靠近苇林，点缀在黄绿的草地中，依稀一个又一个白乎乎、生满长绒的葫芦。它们伸出长长的脖颈，把头抬起来，小心观察周围，这份谨小慎微更把它们温驯的个性显露无遗。它们是那样驯良，以致嫩黄柔顺的水草都愿意和它们嬉戏，在它们的面颊上轻柔地摩挲。有时候我想，它们是一群听话的小学生，背着手，低下头来，是在静静地倾听海浪的朗诵；安坐好了，抬起头来，是在专心地揣摩和修习云朵变幻莫测的飞行。

更多的是小白鹭，成群结队而来，俱各黑嘴、黑脚，毛色雪白，瘦削轻灵的身躯架在两根纤细的腿骨上，俨然一副修行者的模样。在滩涂上，它们也着实派头十足。有时，它们不紧不慢地迈开步子，不疾不徐地转悠。有时，它们忽然停了下来，掖掖衣领，偏过头来，不以为意地观看堤坝上的风景，那里有疾

小白鹭

驶而过的车辆，快得简直不像是它们的生活。有时，它们把翅膀打开，呼呼地拍打，就像酒酣之后，惬意地舒展手臂，袒露胸怀，采纳天地间的灵气。

这并不是小白鹭最美的时刻。春花烂漫的日子里，秦山上白熠熠的梨花、海棠，红艳艳的杜鹃花，一簇簇，一团团，粉堆玉砌，漫山遍野次第开放，它们的交配与繁殖期也一点点地迫近。这时节，小白鹭开始认真打扮，从头到脚衣帽一新。先是脚爪在不知不觉中由青色转成鲜丽的橘红，一天天过去，它们又从脑后抽出一根或是两根修长的羽饰，喙尖也像用新蜡抛过光，碧幽幽的光洁与明秀，而在嘴巴后面，原本黄绿的脸颊就像用胭脂细细地匀过，一脸的粉嫩鲜红。“雪衣雪发青玉嘴”，它们在水滨亭亭玉立，对镜生情，宛然待婚的准新人。它们已经做好准备，静静等待着合卺之喜的到来。

六七月份是秦山上最为繁盛的季节。大自然慷慨大气，毫无保留地敞开胸怀，善待她的子民。岭上树木葳蕤，谷口里藤蔓茀蔚，数千只鹭鸟觅得爱侣，出入成双，围绕着巢穴飞进飞出，然后竭尽心力地孵卵，抚育后代。

我们在秦山脚下的工作，依然紧张有序。天气渐渐转暖，继而季风从海面上带来炎热的夏季，日子看似与往常并无太大变化。我们抓紧时间，提前准备各种防范措施，给海堤加高，或是在海堤边增加一些临时的沙包。工棚上，破旧的棚顶已经拆除，换上了新的毡子和棚瓦，并且用崭新的钉子固实。我们还仔细地检查办公楼和厂房周围的排水沟，清除沟里的腐草与落叶，以保证雷暴和台风到来时，雨水顺利排泄。

山上，是另一番情景。鸟的聪明丝毫不亚于人类，它们一边紧锣密鼓地孵卵，一边叼来树枝加固鸟巢。

为了保住有利的地形，一些占据了马尾松和五针松的大白鹭，此时变得格外好斗。它们在对手面前拉伸脖子，把双胛和翅肘半张，摆开架式，“呱呱呷呀”凶巴巴地大叫，仿佛一架歼击机，把苍鹭和夜鹭一直撵到了松林边的竹林里。当我在林子底下蹑手蹑脚穿行时，它们也会警觉地发出“呱——，呱——”拉长声调的警告，一点也不领会我的好意。

这确实不是一个善意的季节。暴雨和台风果真来临，树枝发出“嘎札，嘎札”的沉闷声响，不时有鸟蛋和出壳不久的雏鸟掉下来，成为山猫和野獾口中的美食。一些老树由于年深月久，又被带有浓重酸性的鹭粪长期淋灌，已然死去。枯枝败叶，经不起风暴，幼鸟不慎落出鸟巢，几乎是脚爪与尖喙并用。它抓紧了树干，用尖喙咬紧树枝，希望能够攀援而上，回到巢中。它拼上了命，但一切都是徒劳……即便上苍顾念，在大雨中，在巢中保存完好的那些幼鸟，也要初涉尘世的磨难与洗礼。它们惊恐不安，张开嘴巴撕心裂肺地大叫，叫累了，就再也不吭一声，把头颈深埋在亲鸟的腹下。大自然真是法力无边，她一向仁慈宽厚，却在最关键的时刻冷峻无情，亮出了杀手锏，再次诏示适者生存的法则：

还是在三月，当我和守林人
在泛绿的树林边缘张望
一对柔韧的，带着血痕的长矛
从你们头上悄悄伸出

在榉树、香樟、苦慈竹的枝梢之上
你们像巨大的花苞
静静等待那一刻到来
呱呱地鸣叫，呼唤彼此

这是多么美好的季节
雨水已经点燃泥土中的种子
而新的生命
也在那一瞬，满怀喜悦

经过扑击，冲撞
朝天张开翅翼，承载
渴待与希冀
因爱情的到来而受孕

之后，瓜熟蒂落

滚落在巢穴
裹在亲鸟的绒羽之间
慢慢地升温

一个白天
比另一个白天温暖
将架在巢上的短枝拭亮
如同炽烈的烛挂

而一个又一个夜晚
仍将由一片浅水
的海湾，星星
与贝壳的反光组成

由夹竹桃、野蔷薇、柚子树
繁密的白色花束
组成，露水
打湿整个发甜的杭州湾

然而，当我头戴遮阳帽
忍着酷热，脚底踩进厚厚一层

酸腐、散发闷臭的鸟粪之时
这只是漫长忍耐的开始

一周过去了
又是一周
还在等待，还在憧憬
在野猫爬上树冠，渐渐逼近之中

等待……
在我踩着一把梯子
在一个夜晚，爬到高处
轻轻拨开腹部短绒的察看中等待……

天青，或是蓝绿的鸟卵
静静地待在巢里
淡淡的月光流淌过来
仿佛就照见了红褐色的膜

在轻柔地鼓动，甚至
听得到蛋壳上
比针尖还细的孔洞里

均匀的呼吸

忽然就在一天，听到了
萌动的声响
在夏日，雷电的轰鸣声中
在暴雨中

在树叶唇缘间升起的大合唱中
传来了一粒粒轻轻地
叩动：毕剥，毕剥
只只乳喙，努力地叩击门环

等着上帝敞开大门
倾听生命的啼鸣
头，伸出来
小小的嘴巴张开

在守林人和我
痴傻疯癫的舞蹈中
在亲鸟的胸脯前，一帘蓑羽中
露出半个头颅

一次次，亲鸟急速飞出去
又从海滨飞回来
叼来跳鱼、虾米和青蛙
放进雏鸟的小嘴

……直至傍晚
从海涛和云天里回来
嘴角，带着血丝
耷拉着两只发酥的翅膀

用疲惫，又欣慰的眼神
凝睇孩子们钻进翅翼
进入梦乡
一起分享天伦之乐

然后……是在又一天
突如其来的吼叫中
在闪电的鞭影，在树条肆虐地
抽打中，亲鸟发疯般地哀叫

在天空里盘旋

无奈地俯冲，折返
等着乌云压近
海潮卷起

台风的车驾倒泻雨水
一只只，失去亲鸟的雏鸟
从巢中跌落
哀声连绵——

被野猫掳走
被守在地底，剪径的狗獾拖走
更多的
直接吹落在地上

用尚且柔软的胫骨
和跗跖下部，蜷曲的枝趾
跌跌撞撞地
尝试迈开脚步

或者钩住树干
连同嘴巴也一起用上

衔住树枝
乞求天恩降临

无论是将要死去的
还是侥幸能够活下来的
在此时，都在拼尽全力
迎接暴风雨的洗礼

睁大一对晶亮
又湿润了的眼睛——
在那里面
是一个放大了的世界

没有哀鸣
没有怨憎
更没有退缩
只有坚持，挺住，再挺住

这些幼鸟就在这一刻长大
仅有的成果得到善缘
等到太阳如期而至

在水深火热中站立起来

短短几天
它们接受最后的喂养
浑身的细羽，在这个世界里疯长
最终，飞了起来

——《鹭鸟观察》

时光流转，秋天悠然而至。狂风暴雨肆虐之后，天气晴爽，一派祥和，秦山恢复了往日的宁静。日出时分，大群的鹭鸟翩然飞出，栖止在岩畔与水涯，日子重新得以延续，进入到正常的轨道。

一群大白鹭占据了水滨，对着滚滚而来的浪潮，找寻生计。因为光线折射的缘故，它们微偏了头，意态沉憨，一副雍容自在又老成持重的样子，不急不躁，静静地察看着鱼虾的活动。它们勇武大气，但也从不缺乏智谋与技巧，算计好偏光、水深、角度、鱼儿的游速，忽然就是一嘴啄下去，轻松叼起一条鱼儿。比起鸥类与鸻鸟那种粗鲁的啄食与吞咽，它们要自矜得多，并不急于进食，要等一等，左右顾盼，消闲片刻，这才从容地享用。往昔的惊惧与苦难算得了什么呢，眼前的饱足就是生活中最大的安慰。还有什么不能平静地对待？它们早就将那挣扎与对抗的基因，传递给了幼鸟曾经震悚的血脉深处。

一大群鹭鸟又在秦山脚下的海面上盘旋，起舞翩跹，周旋于时空、天光、风气与浪涛。一只只大白鹭在半空中把嘴巴端平，缩紧脖子，呈现出漂亮的反S形状，那翅膀平摊，稍稍扇动，就徐徐地飞动。而整群的大鸟刹那间从我头顶上掠过，宽大的翅翼有节奏地拍打鼓漾，闭上眼，从头到脚感受风与气流的涌动，耳际，有如乐团熟练地排演，那旋律舒缓飞扬，毫无停滞，竟把我的身子轻轻带转，变得更轻，就像要被带到无边无际的空茫之中……

小白鹭，也是飞行的高手。它们的脖颈和腿脚拉得直直的，就像牵引一痕水线，小船上升起了白帆。有时，它们也会收拢身体一侧的翅膀，一个急转弯，一个空中趔趄，看得让人担心，却在转身的一须臾，极为圆熟地拉正了身子，恢复到正常的航行之中。有时，它们向秦山上疾速地飞去，眼看着胸脯就要碰到树顶，这才在空中缩回脖颈，拉杆似的竖起翅翼，扑打两下，悬留在空中，这完全是蝴蝶对着垂下的花头炫耀时的飞行技法，它们的身躯比起蝴蝶不知大了多少倍，竟然也做得这么轻巧娴熟。继而，双脚放下，就像飞机到达机场，放下了起落架。减速在仓促之间，却如此轻松，这样的技艺显然要更胜出飞机一等，它们不需要那条长长的跑道，只需再把双翅一敛，双脚就抓牢了树枝。

小白鹭起飞

暮晚，成千上万只白鹭最终全部飞回，栖息于秦山的万树之巅，而整座山就像一整株花树的树冠，休憩的白鹭犹如千万朵硕大无朋的栀子花含苞待放，等待夜幕的降临。当朝阳再次升起，白鹭飞起，就像千万朵白花忽然就绽开了蓓蕾，飘到空中，飘到了云水茫茫之上。哦，这只是一夕一朝的两个场景，却要让我沉吟再三，苦苦思索。只有它们才真正得到了神谕，被大地宠爱，并被天空与大海引以为知己。它们招引我们，在日落之前回家，温习人间烟火，享受人伦。我们又在它们的翩然引领之下，赶到这片山脚，虽案牍劳形却永不言悔。因为这片鹭影，这翱翔在天空、大海和大地之上，充满灵性的自然之子，在我眼中，在我心里不停地摩擦、打磨，在我生命中划下道道印迹。

第二辑 湖上看鸟

这些新来的贵客，穿透了黎明前最后的黑暗，它们从地球的北端一直向南，数月里风雨兼程，已经飞行了上万千米。整个行程中，经过猎枪和霰弹的击杀，一路上重重叠叠网罩的围捕，毒药的摧残，以及天敌的围剿追击，狂风暴雨的摧折，山岩、高大建筑物、海上灯塔与桥墩的撞击，幸运留存下来的已然不多，就仿佛它们鼻顶上的那片白骨正在哀悼，正在纪念，但它们守时地飞临了大尖山脚下的东西湖，在沐浴中迎接新生。

五月的雏儿

五月，草色青葱，花树掩映，一派生机勃勃。放任脚步，河埠边、土坡上苔痕滴绿，草心吐红。我在林子边的小路上逡巡，眼里又有另外一番光景。蔷薇和槐树伸展的枝条上，叶片已经长得齐全。碧绿的尺蠖躯干瘦小，然则头颅频举，昂然一副筋骨矫健的样子。不知名的毛毛虫全身的刚毛高举，裹紧斑斓的锦缎，忙不迭地锯吃嫩叶的边缘，绿叶衬照，一时之间倒也娇艳无匹，灼人眼眸。

稍低一些，歇在灌木、蒲苇、野生的大麦草与狗尾巴草穗子上的，则是土蜂、蚊蚋和蚂蚁。有时候，因为不堪露水的重压，狗尾巴草碧绿的穗子微微地下垂，那上面便爬满了吮吸朝露的蚂蚁。阳光照耀之下，它们通体红亮，有如铜屑碎渣。大自然总是充满了神秘，只要你有足够的好奇心，又能潜心观察，便会看到许多意想不到的事情。在放大镜下，它们中间的一只，触角伸展在空气中，微微晃动，颚片和唇器在露珠上翕张，吮吸得十分快意。奇妙的事情发生了，它稳住身子，倏忽间伸出一只脚爪，悬停在空中。这位个子瘦小的体操运动员，它那套平衡木动作还远不止这些，隔一会，它收回这一只脚，又从身体一侧伸展出另一只脚来……这样交替更换，哪里有半分迟疑，分明轻松自如得不得了。

更低一些，灌木条与草叶之下，地面、沟渠之间，却是成群黑黑瘦瘦的蟾蜍。这些不久前还是蝌蚪的小家伙们，业已蜕掉尾巴，但是身子还显得娇小，就像是从孩子们的脚趾间挤出来的一粒粒黛色的泥浆；乍看之下，又像是一个又一个修行的小和尚，背着小灰布口袋，蹦蹦跳跳，往前奔赴，在沙地上行脚……

生命熙熙攘攘而来，转眼成为大地上的新主人。它们争先恐后，在荏苒的岁月里奋勇发力，总是让人激动不已。比起它们，我现在更为平静从容，日有所得的冀望仍在，但是不会苛求多少。不放弃，不停下，向前走便是了。于我而言，在不堪回首的岁月里虚掷年华，尚且保持了未被磨损殆尽的心力，这便是最大的安慰。一年又一年，那些源源不断拥来的生力军，是否正是催促我前行的动力和源泉？

想到这里，精神不由得为之一振，我赶紧加快脚步，往林子中间去了。高大的樟树林里，腐叶的气息深沉，青翠的树冠亭亭向上，枝干上浅浅地泛着青白的光泽，一个个青黑的鸟巢架在枝杈之间，沐浴在太阳的光辉里，如同一盏盏点亮的灯台。凝下神来，仔细地聆听和观望，每一个巢里果然都有了令人欣喜的响动。雏鸟正在努力地啄碎蛋壳，一一从中探出头来，努力来到这个世界。新生，就是这样简单的交付生命，让天空与大地迎接它们坦然登场。天气暖和，雨水和阳光充沛，五月的勃勃生机带来无限的憧憬与希望。这些雏儿也就毫不留恋地蹬开黏在身上的最后一片碎壳，“叽叽喳喳”大叫，宣告它们开始接受这个光怪陆离、眼花缭乱的尘世。

几天过去，煦暖的阳光洒照在高大的朴树之间，白鹭的幼鸟睁开双眼，头顶上长出蒲公英一样乳白细柔的绒毛，在林子里暖湿的气流之中暗暗漾动，在一片迷梦似的氤氲中轻轻拂荡。尽管粗羽尚未出齐，仅仅依靠稀疏的短绒蔽体，双肩还露出了稍显难看的红色肤皮，但是它们发蓝的脖颈自然向前拱曲，橘黄的嫩喙张开，把薄得几乎透明的腮膜置于树干一侧，置于一缕阳光、一环浮漾的七彩光圈之中，这本身就是早晨一幅静谧柔美的图画，尘世之中的一首绝妙小令。大自然的恩赐与造化，隐含某种谨严的律令，昭示潜存的法则与内在的秩序，堪称完美的典范。当然，或许有时也会带来那么一丝令人稍感不安与遗憾的情绪……偶尔，我在鸟粪酸臭的林子间行走，总会有那么一只、两只雏鸟落在树杈、竹枝间，或是在地上。生命如同微暗的火，在一团混沌中悄悄点燃，继而在血脉深处生根，依存于骨肉，行走于天空之下、大地之上。但稍有不慎，便会引来大祸，遭逢不测，就此油干灯枯。它们的骨骸很快归于泥土，一缕幽缈魂灵从这片林地中远去……

蓝喜鹊堪称智商极高的鸟儿，平素胆大心细且深谋远虑，将巢筑在高大的枫杨树上。那是十米，十五米，甚至二三十米高的地方，树干笔直向上，到了大树的极高之处，才有那么一个合适的树桠，一个可以垒窝的平台。它们的巢由上千根细小的枯枝和着苔泥、亲鸟的唾液建成。这深阔的家，足以抵御风雨的侵袭，给即将到来的生命一个安全的保障。这一年，夫妻俩产的卵跟往年一样，并不太多，只有三枚天青色的鸟蛋。比起一些鸟儿，这根本算不得什么雄心壮志。然而，它们考虑得周全而深远，它们想要的就是让所有的孩子们都能够成活！迄今为止，除了一只野猫曾经不怀好意地前来“造访”，夫妻俩勇猛出击，一番恫吓，撵走它之后，日子一直过得忙碌而充实，再也不曾遇到什么意外。

五月富足而慷慨，林间，空地上，到处都是毛毛虫和甲虫。溪流与河水中，是各种营养丰富的小鱼与蛙类，以及富含磷脂的小虾。有时候，“食物”甚至会多到主动走到雏鸟的嘴边。但是三只小鸟出壳后，很好地继承了它们父母的智慧。当亲鸟外出时，它们就老老实实地待在巢里，一边节省体力，一边尽量保持安静。而每每父母捉到虫子和小蛙归窝，它们就都要尽力撑开翅膀，大声地哇噪，力争抢在最前面，用强悍的身体与努力制造出来的喧哗，去争取得到更多的成长口粮。

五月下旬，它们出了窝，分别站在不同的树枝上，已经能够借助翅膀保持平衡，但是尾羽还未伸出，还不能远行，不能独立觅食。我惊诧接下来的几天，它们居然一点也不急躁，平心静气地做着练习，接受父母一如既往、含辛茹苦带来的食物，暗暗地做着最后的准备。这是令人感动的一幕，由于雏鸟已经长成和父母几乎一般大小，嗉囊也就更为宽大，亲鸟比平时更加勤奋，往来穿梭的频率更高，肚皮上灰白洁净的羽毛也变得发黄凌乱，显得邋遢不堪。终于，它们的尾翼稍长，这些勇敢而聪敏的鸟儿等到了激动人心的一刻，它们朝天鸣叫着，仿佛那份感恩早已铭刻在心，鼓动羽翼向着风中飞去……

这个月，离开巢穴走到户外的雏儿还有麻雀、家燕、白头鹎。麻雀和家燕真是我们的亲邻，它们在我面前抚育后代时毫不避嫌，小小的雏儿天生也不怕人，做出一副与我熟稔的样子来。草地上，一只刚学飞的小家伙，竟然大声地欢呼它新找到了一条虫子，而它的父母就在我头顶的晾衣竿上，饶有兴趣地看着这一切，不加任何制止，也不提醒它要注意我的到来。也许是意识到有一点危险，它就在我面前跳起来，飞几步远，落在草地上，回过头来瞅瞅我，见我继续跟着，就又做出振翮展翼的态势来。我倒是担心它的翅膀稚嫩，受不了连续的飞行，因而也就改变行路的方向，避开它，斜穿过那片草地。

至于那几只刚出来见世面的家燕，它们在雨中嬉闹得久了，筋软骨酥，就歇在我头顶的电线上。它们的母亲还觅了虫儿，赶过来喂它们，给它们打气。其实母亲的飞行技巧也并不高明，停在空中的那一瞬，它的尾翼支棱开，展开到极致才保住身体的平衡。为了把一条尺蠖喂到其中一只的嘴巴里，它的双翅尽力向上拍打，倾斜地抬升，呈现出一个极为陡峭的角度。这动作的夸张程度，简直就像是要折断双肩一般。我每每回到家，翻看抓拍下来的照片，总要感慨一番。雏儿生长的过程固然艰辛，但亲鸟显然要加倍地付出，这恐怕才是鸟儿们一代又一代传唱不衰的赞歌。

有一次，我居然还看到樟树顶上有一只白头鹎的雏鸟。它在枝叶上惊险地滚动，不停地下跌，亲鸟高声示警，而幼鸟倒是不慌不忙，仿佛成竹在胸，闷着头，沉着地扑扇翅膀，终于找到了落脚点。这危险的经历势必会变成宝贵的记忆，阐释一只雏鸟最终在那个时刻长大为成鸟的尊严，在它短暂的一生中无数次闪现，伴随着它每一次的降落和起飞。

这是二〇〇八年五月十三日的下午，我在大哀痛中不再抱有任何不切实际的幻想。我想着我不能是一只鸟，不能飞过千山万水，不能去亲眼看一看正在这世上受难的人，我想着自己有心却不能去尽那份力。我站在一丛竹篁之下栖栖惶惶，却听到头顶一片稚嫩的“涕依涕依滋依”，连绵的六个音节，这是棕头鸦雀的雏鸟才有的叫声。紧接着，又听到了成鸟“迪迪，噫——”的警告声。抬头一看，真是好大一家子！孩子们秃着短尾巴，站在竹枝上摇摇晃晃，求救似的撒着娇，叫唤着……亲鸟的身躯并不多么魁梧，只是尾翼十分的完整，高高地翘了起来，就像一柄支起的铜勺。她站在槐树枝头呼唤自己的孩子，不停地勉励它们，不厌其烦地在它们面前示范着，慢慢地飞起、降落，反反复复地演示。就在那一刻，我目睹了生命，是那般脆弱，又是那般的顽强。我的泪，也就在那一刻尽情地奔泻下来……

湿地上的水鸟

秋冬是观察水鸟的好时机，从入海口到秦山，绵延约十千米，些许滩涂和湿地余息尚存，引来不少来此过冬的鸟儿。丽日当空，大群的白鹭、池鹭、苍鹭，以及鸻鹬类的鸟儿光临，到滩涂上和湿地中觅食。

池鹭偏爱僻静的地方，往往站在荒寂的埠头或水面突出的礁石上，一动不动地看着流水，乍一看，还以为是个身披蓑衣的老人在那里静静悟道，“子在川上曰，逝者如斯夫”。倘若你猫身走近，正面看到它，就会大吃一惊。它面颊青绿，豹眼环睛，天生一张尖嘴钳一般的巨嘴。颈饰也很特别，青色和麻色的细羽一绺一绺地绞结，很容易让人联想到一堆缠绕不清的胶线，隐隐的电流要一直麻到你心里去。这副尊容，铁疙瘩一样的身子，再配上紧贴大腿的白短绒“裤头”，黄色的“长筒雨靴”，哪里是个淡然的老人，简直称得上凶神恶煞。你这时才明白，它可是独守滩头，一夫当关，在那里“剪径”过往的鱼儿。

它的个性真个是刚强猛恶，幼年时，水埠头的围网边曾经缠住过一只，我抓住它，它也不肯屈服，把我的手背啄得鲜血淋漓。傍晚，我用绳子系了它的脚，另一头在凳子腿上绑紧，它拼命地扑腾，一刻也不消停，上半夜就饮恨而死。

灰鸥要好看得多，它们卵圆的身子披着灰色的短绒，在海面上一边翩飞，一边温文尔雅地“晏晏——”鸣叫，看起来颇似位性情温和的谦谦君子。其实看看它们的嘴就知道了，那也绝对是一个狠角色。灰鸥的尖喙很像是插在汽车油箱里的标度杆，尖头用钳子夹住了，再扭转三百六十度，一个带着硬钮的弯钩。它双翼翩然，在水面上滑翔，忽然倾斜了身子，像掠过阵地的战斗机，偏过机翼，猛地加速俯冲下来，就会钩起一条鱼儿。有时候，它逮到较大的鱼儿，就放在围堰的石板上啄食，一嘴下去，撕起一条鱼肉，耸动脖子，三下两下就吞咽了进去。

湿地中间，布满芦苇的滩涂是鹬的天堂，它们在此优游地生活。黑尾塍鹬是招人喜爱的鸟儿，我每每见它把长长的绿喙伸进泥汤中，筛糠似的抖动，引得屁股上那点黑羽不停地颤动，就止不住发笑。更可笑的是另一种鹬，它们觅食时，屁股始终一闪一闪地点击个不停，可惜它太狡猾，不等我近身，就远远地飞起，只留给我一个黑色的小点。三趾滨鹬是清闲的，它们总是在苇丛中停停走走，一边细心端详芦根，一边挥动针刺一样的尖喙，漫不经心地东啄上一口，西啄上一口，天知道它在啄食什么呢？蛎鹬也是难以亲近的家伙，它们异常地警觉，我只在海潮来临时看到过它们在礁石畔奋力啄食，那举动就像一个考古学家举着鹤嘴锄在岩面上敲击。我曾经想仔细观察它进食的过程，没料想它在专心工作时还有余暇来察看周围的动静，海浪声那样大，它居然察觉到了我，马上停下手头的活计，把脖子伸得直直的，在飞溅的涛屑中飞走。

滩涂和湿地上，不时还有鸻的光临。它们的脖颈上无一例外地围着一条“围脖”，白色或黑色，甚至棕色，我想这大概就是把它们叫作“环颈”的原因吧。金眶鸻的身段娇巧，长腿玉立，三趾纤纤，身影清俊潇洒，颇为出尘脱俗，若非觅食果腹，它们总是从容有度，意态佻姣，我没有理由不喜欢它们。

至于鹭，无论林间、滩头还是湿地，到处都是它们的身影。我原来的办公楼，三面环水，一面向山，上万只鹭就在窗子对面的秦山上繁衍生息，数年来与之比邻而居，我潜意观察它们的生活习性，置身其中，自己几乎也快要变成一只鹭了。它们带给我的欣喜，三言两语又岂能尽述。

苦恶鸟一家

雨从入梅那天早上开始下，丝毫没有停下来的意思。小河两边，地势稍低的地方不意淹成泽国。窗子对面的河坡上，原来开垦了一片地，种的是几垄“上海白”，白茎秆，绿叶子，清清爽爽。这几日可叫个惨，菜茎被淹齐脖颈，只剩下头上的几团叶子，在浑黄的水里脸色苦瓜青般的绿。这倒没什么，可笑的是那只白胸苦恶鸟，居然蛮像回事，借此扩大了它的水域，背着手，一天要去菜地里逡巡好几个来回，“农业大臣”似的检查农情。除此之外，它有时还假公济私，把妻子领来陪同差旅。其实它在那里啥事也没有，就是晃两圈，可着劲儿地大叫一通，发泄些多余的精力。

这鸟儿如此冒失，总是要做出些没头脑的事来，让我忍不住地嘲笑。上个星期的一天早上下暴雨，我在卫生间里刷牙，不由得就愣了一下。我的孩子也跟着我丢下牙具，一齐拔脚跑到我卧室的窗前。可不，就是这老兄，站在窗下的一丛箬竹边上，来了个金鸡独立，把另一只横槊儿似的腿，架在自己独木舟似的船板底下。雨稍停了，可那儿也没什么，只有一大片脸色煞白、嘴巴里还在吐着雨水的小叶栀子。“苦哇——苦哇——”，它在那里一通乱叫，真是大惊小怪。不只是它这叫声让人生笑，大清早的，它怎么会从河里跑到小区里来，雨是大了点，但也不至于让它认为自己走在“通天河”里吧，莫非它真的昏了头？除此之外，我再也得不出新的结论。这鸟儿看到我手忙脚乱地安装相机镜头，居然醒悟过来，都没看到它如何取消那个经典的金鸡独立的姿势，两只脚就叉在地上，“戳戳戳”地跑上了健身的石子路，又“砰”的一声撞倒在路灯柱上，爬起来，飞快地穿过竹林，“扑咚”，跳到河里去了。

我是去年秋天认识它的，起先我还以为它是位姑娘。从脸上一直到脖子上、再到胸脯上，都像是敷了一层厚厚的白粉，眼上方又点了两个小点，看起来就像是名经过精细妆束出来的艺伎。直到后来，它总是那样咋咋呼呼、活宝儿似的尽着兴大叫，我才意识到这位几乎全身黑的“非洲小白脸”，极有可能是一小伙儿。果不其然，过了不多久，小河那狭长的水域里就出现了它的另一半。新娘子斯斯文文，显得挺有修养，一点也不像它。大概是太内向，也没个主见，倒是成全了这傻子的威风，新娘子死心塌地，在这家伙屁股后面敛没声息地跟着。它因此更加神气，在茭白林、水花生，还有水芹菜中间，伸长脖子，张开嘴，成天吹它那副不成腔的唢呐。

后来，它们又有了小孩。三个孩子也怪，一点也不像妈妈，倒仿佛用模具从流水线上扣出来似的像它，成天都不安分。茭白林那里有个窝，本来就不那么隐蔽，但它和孩子们似乎都不忌讳这点，偏要做出举止和动作都很夸张的样子。等着几个全身黑黑的小家伙能走动了，它也不加制止，没几天就把中间的一块小丘爬得光秃秃的，像块浇湿的青石板。我可是暗暗地为它们担心，只是不敢说出来，生怕那念头成为不详的预言。我心里存着一点侥幸，默然祈祷着，唯愿它们吉星高照。要知道那几只常去河边饮水的流浪猫，早就吃腻了小区里的垃圾食品，可不是什么善茬。

终于，我的愿望打了折扣。今天中午，我去河边查探，没有看到它们的身影。返回来的时候，不禁黯然神伤。好歹见到它们了，那对夫妻领着最后的一只雏鸟，居然在河边工具房边上的一堆钢筋管上闲逛。如此作为，最后的命运可想而知。我眼见着它们休息好，又从容地下水。那个莽撞的父亲在水面上击起水花，忍不住又高声地叫喊，那孩子竟然也是一副全力以赴跟上的样子。生命竟然这样的坦然，这样的乐观豁达，就是只剩这一只，也是可喜的很，反倒是衬出我的心思太过狭隘了。我这样又转过头来想想，终于释然。

鸟巢

早上，跟着花工们修剪黑麦草，不觉间就走到了银杏林里。割草机一阵忙乎之后，最终安静下来。空气中绿雾弥漫，太阳熠熠闪光，几乎把每一粒草末都照得清清楚楚。几个“绿人”一边拿着袋子在草地上挪动，一边对着我指指点点。我自然明白他们的意思，但他们又哪里知道我的快乐？

躺在巨大的绿毯上，听任树影印照在脸上、身上，呼吸茎秆断口上清新的草汁气味，的确令人惬意。但这不是全部，重要的是银杏树的一根枝条上，一对白头鹎正在营建巢穴，马上就要大功告成。眼下，两只鸟儿飞上飞下，衔来的果然只有湿泥、草茎和树叶。这是最后的装修，仅仅是出于舒适和美观的要求，完全有别于筑巢初期周密的考虑。

这根银杏的枝条在空中逸出，又高又远，仅仅是在接近枝梢的前端有一个分叉。出于安全的考虑，这当然是理想的筑巢点。银杏的枝条柔韧，台风来临时不会轻易折断。至于淘气的孩子，谁又敢爬上如此纤细的枝条呢？即便站在地上，也只能拿着竹竿兴叹。就算是野猫，它也断不敢走这长长窄窄的独木桥。借助枝条上的分叉，它们又横搭了树枝，主体构成了一个稳固的三角形。出乎意料，同样借助这个主枝向下的分叉，它们又依势把巢穴建得略微倾斜，而不是让巢口平端在空气中。这大胆又精妙的设计，不禁让我自叹弗如。我并非是夸大其词，故意要抬高它们的智商，而是这对聪明的鸟夫妇，对于当地环境与气候的了解远远超出了我的想象，它们甚至考虑到了季风与雨水……

鸟儿们大抵都是聪明的吧，它们善于根据自身的条件、生存环境和不同的需求来营巢。燕子在房屋的檩子和墙壁上筑巢，是因为那地方能够遮蔽风雨，它们用湿泥、竹叶、田螺、草茎、唾液黏合成碗状或半杯状的家，不至于在风吹雨打中被摧毁。麻雀也是此中高手，它们在瓦缝间或檐下安家，本来就有投机取巧的嫌疑。为了取暖，它们又因地取材，大行方便，选用的材料不外乎农人家里的棉花、稻草、布条、猪毫、鸡毛，简直是偷盗的行径。近年来，我观察到鹊鸰也开始趋向于功利主义，原本它们在水边的崖岸上筑巢，现在它们借用了桥梁与水闸的涵洞，这都是近水取食的需要。它们甚至跑到社区里来，在楼顶的水房底下和风机旁开发房产。社区里的蚊蚋不少，不时还有居民扔下意想不到的美食。

啄木鸟的树洞人尽皆知，此前我认为这是它筑巢的专利。后来有一次，我在小溪边的树林里，居然发现鹪鹩也精于此道。它多少有些胸无大志，一整天我都在跟踪它、观察它，发现它一天的活动范围居然没有超出五十米远的一段水路，这个近乎守株待兔的主儿，让我哭笑不得。意外的收获，是我在一棵栲树的树洞里发现了它小小的家。鸮类也爱在树洞中安家，南北湖一带有不少这样的鸟儿，可惜我从来没有找到一处，只从电视屏幕上看到过几次，这自是我以后要做的工作。只要去野外，意想不到的事情就会接二连三地发生，我对此从来深信不疑。八月的一天，我就发现一只凑热闹的田鸫，它竟然在一个废弃的水泥筒内营建了鸟巢，真是称得上洞天别府。

一些鸟儿喜欢在大树上建巢，除了前面提到的白头鹎，常见的还有喜鹊和灰蓝喜鹊，这些鸟儿的巢大多以干硬的树枝作为主材，里面辅以湿泥、羽毛和干草。值得一提的是喜鹊，它真是雄心壮志的鸟儿，我曾经就见过大如箩筐的喜鹊巢，数年来累次重建和修葺，竟然建出如此宏大的“宫殿”，可以想见它们的工作量之大。除去觅食和中间短暂的休憩，一只喜鹊在一天之间，来来回回，衔取材料大约在一百二十次到一百五十次之间。前年，柚子树顶上掉下来一个喜鹊窝，我掂量下来约有两斤重，粗略地数数木棍、草茎、布条、麻绳、牛羊毛，就有五百件之多，这还不包括它衔来湿泥的次数。一个箩筐大的鸟巢需要多少“人力物力”？真是让人疯狂的工作，真不知它们究竟要飞进飞出多少万趟。近年来，我还在广阔的平原上看到喜鹊在电线杆顶上、配电箱盖上筑巢，居然也能做出庞大的鸟巢。对于它们而言，根本就没有什么干不成的事，除非它们想不到。

有一些鸟儿，因为自身太过弱小，为了躲避天敌，宁肯选择低调地在灌木间营巢。强爪树莺“咭儿——曲曲，咭儿——曲曲”的鸣音十分迷人，但它们很少露面，只在灌木间跳跃。直到我在红珊瑚的树篱边蹲下时，它还自以为是地认为我只是个打此经过的路人，我和它脸对着脸，它还自鸣得意地歌唱，以为我没有发现它。我马上又发现它的巢，离它哼小曲儿的地方仅仅咫尺之遥。甘居低下，隐居在此，我也爱莫能助。在低矮的箬竹中间，我还发现棕头鸦雀精致的家，那是个安乐窝，十分精致，几乎全部用纤细的竹叶茎和松针织就，圆溜溜的巢，一圈又一圈，用了泥浆和唾液黏合，排布得均匀、密实。冬天，这个鸟巢被风吹落，我捡起来，掂量之下，大概也就一二两重的样子。类似的还有苇莺的巢，用材也较为单一，几乎全部用苇子的茎叶弯折后编织而成，也是十分精巧舒适。

简陋的鸟巢大多在水上，在水滨，在泥地里。水雉的巢，就是浅浅的一个水草盆，把周匝的牛尾藻、荇菜丝茎、眼子菜叶片搅和一番，理顺，变成敞圆，便是一个巢了，这美丽的鸟儿，居然如此不讲究。野鸭子也是个在水草中间胡乱扒窝的主，我幼年时一个猛子扎过去，抬起头来，掉下来几枚鸟蛋，让我不禁对头顶那个“草圈圈”哑然失笑。我在这里要表扬一下白胸苦恶鸟，虽然它的家也十分粗拙，好歹它们还会踩折茭白叶，用胸脯压得光滑平顺。大雁和鹌鹑在近水的菖蒲林和一年蓬下面做巢，也就是叼来几把枯草，用身子压平蹭滑而已。雉鸡离水很远，但它们也这般做巢，这都是要让我失望的建筑。当然，这还不是最坏的。金眶鸻的巢穴就在沙滩上的土坑里，它觉得哪个土坑顺眼，哪里就是家。除了沙子更能吸热，便于卵的孵化之外，我实在想不出另外的理由。要知道，它可有我羡慕的面容、神态和举止，我不知要如何修行，才能拥有这样的气质。也许，它们另有十足的理由：简居陋室，才可以更好地修行锻炼。而那直冲云霄、鸣声宛转的云雀，同样也是在泥埒和土坑中从容安身。

海岛上的“鸟事”

蔡先生到底姓不姓蔡，我记不清了，好像初次见面时介绍是姓蔡，姑且就叫蔡先生吧。五年前，朋友牵线，我与蔡先生谈好价钱，达成协议，每年都由他送我去岛上。以前结伴同行的朋友各自手头上有事忙着，近两年来，我一个人上岛，只是仍然由蔡先生驾船。

三座岛借着相互之间的岬口、海沟与滩涂，连缀成一片，分别是竹筱岛、白塔山岛和马腰岛。蔡先生是农民，也是渔民，他平时并不总到近海的海岛上去。但有几个月份他是上的，一是二月间放鳗鱼苗，二是五月中旬上岛捡鸟蛋，三是九月下旬上岛去逮羊。蔡先生与我互相很不感冒，几十分钟柴油船驾驶期间，我们自始至终不会交谈一言。蔡先生又与我发生过龃龉，在上岛捡鸟蛋的事上，我们曾经发生过争执。蔡先生是摇橹的把式，身形彪悍，力气很大，他想和我动手，也得掂量一下，我打小是担山柴的把式，搬块大石头栓缆绳轻松得紧，他也吃一惊的。这都没关系，他遵约，守时，有的是力量与蛮干的胆量，即便他天生真的没那么多废话，这都是好做派。我也是。

二月没什么鸟好看。本地的斑鸠近两年多了很多，岛上亦不在少数。在白塔山岛那一片断崖下有天然形成的走廊，上面重重叠叠积攒了无数的屎迹。浙北这边，白头鹎似乎也特别多，成群结队，整天踊跃参军过队伍似的，在人行道上、屋檐下、灌木顶上窜来窜去，况且一天到晚"喳儿——喳儿"不休，我都快有一点厌烦了。八哥、椋鸟和鹡鸰也是"鸟满为患"，这些鸟儿胆子都大得要命，见我过去，还要觍乖卖巧，上下打量我一番，看我是不是真格走过去，然后才决定是否开溜。以前我只认为伯劳会耍狠，停在我头顶的白杨树枝上，料我上不了树，跟我"嚓嚓——嚓嚓"地一阵挑衅，现在我发现八哥也断定我是个好脾气的夯货，可以随意欺侮。它把两只脚像井栏架一样地叉开，头一扬，眉毛皱紧，圆睁双眼，还偶尔耍宝给我一个白眼。鸫鸟就更多了，品种多，数量也多，现在它们把领地扩大到了近海的村庄和街区。

其实我说的这些话都是玩笑话，跑到它们的总部来，见到它们愈发壮大的队伍，我心里有说不完的开心。

蔡先生把我扔在岛上，他到鳗鱼网架上去照料“软黄金”。谁知道他搞什么玩意儿。别看他闷声不响，事后他会跟牵线的朋友说我神经病，整天待在岛上像个“欢喜疯子”。有一次，我手舞足蹈，不料在岩罅中扭到了脚，他见了也不理会。他要抓紧余下的时间，去捡漂到岸边的浮木，把那捆湿柴扎得像座山一样驮在背上，然后运到船上。蠢货，我同样会在心里暗暗骂他。

五月中旬，岛上正是金樱子花恣意开放的时候，蜂恋蝶舞，日光煦暖，晒得人也像粘在蜜糖罐壁上，软软的，要融化了一般。大片的紫藤花在山坡上，把一串串摇曳的紫色铃铛四处垂挂。山栀子去年深秋结出的果苞还在，今年又在襟怀里新生了花苔。我绕着竹筱岛，抬高了腿胯，探索着前行，为的是查看鸟巢里新产下的鸟卵和海风吹落在地上破碎的蛋壳。鸟卵大小不一，青绿、青蓝、绿褐、麻黄、赭黄……着实让人眼花缭乱。我在坡下，蔡先生在坡上，在我上面走，他这个人，浑身酱紫的皮肤，一脸雀斑，如果不仔细看，还真不容易看出面目，只当作是粉刷墙壁时刮上去的腻子还没抹平打磨，就胡乱地刷上了油漆，刺毛拉呼的一团，只剩下一对眼珠在转。

他跨步的动作很大，膝杆不断地碰折草丛间脆弱的龙葵和美洲商陆，我能想见那翡绿或殷红的茎秆，如何痛苦地仆倒在地上。他居然提着篮子，在草丛间捡鸟蛋，看样子已经有了小半筐。我顾不上那么多，冲上去就拦住了他，气吼吼地把篮筐抢夺过来。他和我对峙了一会，额头上和脸上的油汗直淌，看着我把鸟蛋悻悻地倒在草丛里，也不吭气。他把手上的一枚鸟蛋捏在拇指、食指和中指之间，举起来，只一捻转，蛋壳就破了，他把蛋清和卵黄迎着太阳光倒进了嘴巴，然后扬长而去。这个野蛮人，居然在日落前开船的时候，还搞来一条菜花蛇，早剐了皮，将白练似的蛇肉缠绞在紫赤的手臂上。

九月下旬，蔡先生照例驾了船送我上岛。我喜欢白塔山岛和马腰岛之间那道天然形成的海沟。潮水退下去，一个白昼，海沟两边的滩涂被海风和太阳吹炙成硬结的鱼鳞海滩，我尽管放开胆子走下去，一直走到湿泥淤深的地方才停下。我身上穿的是极厚的帆布衣裤，为的是防晒及不被岛上的荆棘划伤，只是将胸口的拉链拉开，任凭富含盐分的腥湿与溽热黏结在胸毛之上。蔡先生看了我这个样子就冷笑。这个贼汉子，全身竟只穿一条短裤。岛上不知从何年起放了几只山羊，不几年就自由恋爱，搞出了一大堆羊子羊孙。由于无人看管，它们野化得十分厉害。秋风一紧就可大发利市，开开杀戒，搞一场羊肉早烧，蔡先生可不管它们安居乐业的生活，他有满脑子灰太狼的想法。

我在海岬边静静地看鸟。午后是鸥鹭休息的时间，大白鹭、小白鹭，还有鸻鹬夹杂其间，沿着海沟两边站上了数百只。日头强劲，水汽蒸发得特别厉害，在马腰岛东北坡斜倾下来的海沟背阴面，还可以看到道道水光的蒸腾与晃动。强劲的海风不停地吹过来，吹开了排列成行的鸟儿们胸前的碎羽，那细小的纷乱如同雪霰不断扬起，又不断被捋平。我还可以看到滩涂的湿迹中，数千米长的澄澈爪痕，以及鼻涕鱼和招潮蟹偶尔一道或是一团地拖划、搅动和洇化，大自然造化神奇，暗含了中国水墨的意境与意味，在我的心田里潜滋暗润。多年前，我就立志进入自然，期冀能够从中得到些回报，哪怕只是一点领悟。我有时也会抓狂，异想天开：用大自然平静的力量，来缓冲现代生活日益加快的节奏。

蔡先生回来了，没有羊。他抱来了一大捆鸟网。岛上肯定上来了另外的人，而且还是不怀好意的。这一次，他对着我傻笑，我才发现他的嘴巴咧开，牙齿居然很白。他把那些劳什子，三下五除二，几下就折断扯烂了。或是我的朋友也对蔡先生讲解了些道理吧，我这样想着，他却把鸟网子和折断的竹篙抱起来，抬腿下了海沟，从齐腰深的淤泥里蹚了过来。做柴禾烧，他经过我时说。我还在发怔，他又赤着脚笃笃地从滩涂上走回来，再次蹚过海沟，进到马腰岛山坡上的林子里去了。不一会，他回来了，抱着一只早就用荆条捆扎好蹄脚的山羊。这家伙，可真没闲着。我这样在肚子里骂着他，但他吃力地抱着羊泅游过海沟时，我伸出了手。又是夕照成晕的时刻，成群的鸟儿在潮头前飞起，“晏晏，呱呱”抢夺着捕食，海水涨起来了，眼看着就要淹没滩涂。

湖上看鸟

天还没亮，四周全是黑魆魆的魅影。冷风吹过，听得到蒲叶与芦苇秆簌簌摇动的声音。孩子的后背抵过来，渐渐在我怀里靠紧，隔一会儿，又伸出手去，抚摸裤管下吹凉的脚踝。我脱下衣服，用了棉袄的下摆把她包紧。时针指向凌晨五点，这是我第一次这么早把她带到郊外来。

二〇〇八年八月底，她跟着我去南北湖看鸟。车在路上的时候，我承诺她，一定会看到奇迹。她不相信，歪着头吸橘子汁，跟我闹别扭。待我们在荷花荡的堤岸边坐下，几次三番举起望远镜瞭望，一无所获，她差点失望得瘪开嘴来哭。只是见我默不吭声，一副胸有成竹的样子，才半信半疑地信了我的话。到底是小孩子，她马上就沉醉在荷风的香甜里，继而去数荷花荡里粉红的荷苞。她又对菖蒲的花簪有了兴趣，要我到水滨摘下一枝。还未等到我去掐断茎秆，她又对茭白秆边飘浮着的荇菜丝茎产生了好奇，问这问那。我只好压低嗓子，简要地对她说明。恰在此时，不远处的荷梗撞动，一只白胸苦恶鸟踩着倒伏的茭白叶，冷静地向一丛水花生走去。她是第一次看到这鸟儿，看到它偏头侧过的一张小白脸，翘起的尾羽，反倒比我还要小心，竖起一根手指在嘴边，作势叫我安静。她哪知道她的父亲，早就对此了若指掌，只不过是为了迎合她，才故意狼犺身子，缩颈弯腰，脚后跟着地，脚尖抬起，跑到她的身边，顺着她的手势看，只当是她的一个重大发现。那鸟儿左顾右盼，一时之间倒是提起了右脚，用了左边脸上那只漆黑明亮的眼睛来观察我们的动静。

后来，一下子同时出现了几只小水禽，一起背着翅膀耸动身体往前，从荷叶林划向湖中，那排小艋艇牵出的几道水线，把青黑的水面就像犁铧翻过泥土那样耘开，充满了诗意。已而游得远了，靠近了水面上的菹草和眼子菜，它们才把胸脯塞进草窝，开始你一嘴我一嘴地啜饮水线，在水草中啄食。间或，一只鸟儿“呷——”的一声鸣叫，在寂静的湖面上传远，到了彼岸青黛的峡谷深处。

那时候，我们是在南北湖东岸，背对着另一片山峦。太阳正从山背后升起，倏忽之间便已跃出，阳光洒照在粼粼波涛之中。我们也借此能够看得更远，看到水中央密密匝匝、挤得紧紧的菱角。它们梳齿般的叶缘边上，挂着的水珠正在绽放光芒。孩子一声惊呼，似乎是不敢相信自己的眼睛，忙不迭地取下挂在胸前的望远镜，举起来放在眼前。那是一只水雉，修长的白颈子前伸，眉眼后深长的一道黑线在阳光的照射下竟然是那样的清晰。它跑起来了，朝着远处一团团趴在水面的芡实叶片滑翔，伸展了翅膀踏开水面往前，把腋下洁白的羽毛完完全全地展开。尾羽修长轻捷，在身后曼妙地拖曳，尾端因为溅上了水花而略微濡湿，稍稍滞重，就像和着音乐的旋律在空气中打着节拍。最妙的是它的一双长腿，大半截都露在水面之上，利索地交叉，蹼脚划拉开水面，带出刀刃似的一片浪花，被太阳照射得透亮、通红。水珠随之落下，纷纷扬扬，让人目不暇接，因为视差、时差与观察角度的原因，在湖面上洒溅着银白、殷红、紫绛，大大小小、晶莹剔透的珠子。

这份回忆，在她心里荡漾了数周。继而，衍生了新的话题。我告诉她，那一种美丽的鸟儿，因为喜欢在菱角丛中生活，因而又叫作菱角鸟。又因为它形体秀颀，姿容俊美，在水面上舞步清雅，所以也被唤作凌波仙子。她又问我，它们下不下蛋，这让我哭笑不得，我只好耐心地回答，由于个体的不同，它们会产下或是翠绿，或是银白，或是铜褐的卵，光洁、瓷实，像是一枚枚玛瑙。她又缠着我，要我想想办法，哪天走到近前去看看盛装鸟卵的巢穴。我本就想如同我幼年时代一样，坐在前倾后起的腰盆之上，把她放在我的怀里，用了桨板划开水面，进入到菱角与菱花之中，但我着实怕冒犯了这鸟儿的清静生活。我只好用她从学校带回的彩纸条，编了一个浅底圆盘的窝袋，嘻嘻哈哈地扣在我的头上，逗得她前仰后合。

次年九月底，她再次恳求，希望能够和我去看鸟。我数次假意婉拒之后，终于把她带到了嘉善县边上的湘家荡。那一片湖面更大，然则除了近水岸拍打礁石的浪花和在湖面上“吲吲”鸣叫，斜倾了身子在风中飞舞的雨燕，再没有其他可看。我们要走一段路，穿过湖西岸的田野，顺着河堤，抵达一片池塘与沼泽相连的荒野，才能看到各种鸟儿。

池塘，涧边，那里有大白鹭伸开长嘴，间或冷不丁叼起一只田螺或青蛙。我们走过去，尽量装着在认真赶路，不至于惊动扭头回望的一只大白鹭。没

苍鹭

想到，它果然在我们眼睛的余光扫射之下，长喙钳住了一条昂刺鱼，那鱼儿扭着孩儿面鼓般的大肚皮，还在“喀咕哩哩”地叫唤。我们停住脚，这鸟儿也就发现了我们，拍拍翅膀，沉一沉肩，屁股和双脚作势往下一蹲，舒展双翼，飞离我们，一径到僻静的地方去享受它的大餐。还有几只苍鹭，意想不到我们突然造访，慌不迭地在空中甩下一串稀屎，猛地从柳梢边掠起，飞到另外的河汊边，才盘旋着落下，落到我们再也看不到的地方。有一群小白鹭，在田垄下觅食，

小白鹭觅食

三两只跑过来，又跑过去，根本不理会我们。于是我们停下来，拿着照相机对着它们一阵猛拍。它们还很配合，索性也不吃食了，一起站好，好奇地伸直脑袋朝这边眺望，来了一场即兴的美颈秀，让我们拍了个够。

在水面植物稀少、周围植株也不甚茂密的水堰里，活动着一群红头潜鸭。眼见我们过来，它们的动作麻溜得很，一个猛子就扎到了水里。我们就蹲下来，藏在一个土堆旁，四五分钟过后，它们在另外的区域浮起来。这些鸟儿警惕得很，装模作样向四周逡巡片刻，这才放心地嬉戏。有一个可爱的小家伙，独到地表演了它自己的快乐，不厌其烦地用头拱入水面表层，又迅疾地钻出，做着梳洗头面的动作。借着这难得的机会，我们用望远镜好好观看了它的尊容。它的确很好看，脸上鲜红的短绒湿漉漉的，有着细流淌过的清晰水痕。

夕阳西下，我们最终在一口水塘边的大柳树下埋伏了下来。水塘长瓢状，瓢柄的那一端已经干涸，簇生着大叶的羊蹄甲、枝枝杈杈的委陵菜和藤蔓潦草的野黄豆苗。一群黑水鸡正在那里狩猎，几只大鸟，六七只羽翼未丰的雏鸟，在眼皮底下看得清清楚楚，正朝塘水这边走来。孩子郑重其事地动用她的算术，数着大鸟和幼鸟，还小声地问我，一对鸟爸爸鸟妈妈到底有几个孩子，让我笑得吭哧吭哧的，不意脸上和脖子被小蓟的叶皮刺得生疼。她觉察到了这些“铁刺甲”的不舒服，顿时觉得身上又刺又痒。胸脯下、鼻子底下还有车前子穗子散发的略带浓涩的异味，于是她忍不住站了起来，拍打自己的身子，我一时也来不及阻拦。

这下子可好，仿佛突然捅开了马蜂窝，那群雏鸟立即散开，攒下头往四处钻，只看见草叶下穿出一条条细浪，转眼都不见了踪影。两只大鸟飞起来，对着我们，像两架笨重的轰炸机，颠簸几下，飞过柳树顶，跳到了身后的杜英树林里。只有一只大鸟还在那里张望，它“嘎嘎”不停地大叫着，游向深水区，用肚子拱开水面上的凤眼莲，在那里手足无措地应付我们。孩子也许意识到了什么，不知不觉中，她把我的手牢牢抓紧。是的，做妈妈的都是那样。它在那里抗议，在那里警告，也是在为自己壮胆。可怜的小家伙们，你们要听懂妈妈的话，找到一处可以藏身的地方，就是那样，不要声张，不要动，即使人找到了你们，甚至手都将要摸到你们的后背时，你们也要镇定地待在伪装物底下……最后一下，那位勇敢的母亲做出了一个惊人的动作，它扬起鲜红的嘴壳，前后左右一阵猛啄，然后在原地转了两圈，猛地跳起，像在空气中爆炸开来一样，浑身的羽毛尽力张开，“咚”的一声，算是把最后的那点牺牲精神用尽，连着全部的愤怒与惊惧，钻入了水底。

转眼已是十一月的深秋，离上次去看鸟已经两月有余。依然有惊惶的水鸟在鸣叫，在黑暗的夜空中嘶鸣。那声音裹挟在冷风里，愈发悲哀凄凉。孩子似乎长大了，她比上次镇定了许多。她说爸爸，有一只鸟。这样简单的话语顿时使我心里异常难过，漫漫夜空，茫茫宇宙中，仿佛一下子什么都不存在了，真的就只剩下那么一只鸟。很长时间，我都在想，这已不只是我看到的鸟儿，这也是孩子的鸟儿，这也不只是我面临的湖水，这也是孩子的湖水。对于到来的和到来后转瞬又逝去的，我从来没有这样平静过，脚下的大地，似乎从来也没有这么平静过。将来，也许有一天，我的孩子也会带着她的孩子，像我今天带着她一样，经历那些如约到来、转瞬消逝的时光。但我心里同样也暗藏着期许，期待勇武有力，无畏于一切，从容地接受一切。我也相信我的孩子，相信那个更远的未来。

一点萌动，渐渐在水底涌出，先是压抑的一声在痛苦中迸发，接着像唤起了久远的记忆。细小的声音活泛起来，穿针引线，进而如同小溪般汇聚合拢，几道细小的清流连接在一起，合唱演奏开始了，汤汤的划水声跟着鼓涌，而曦曙在大尖山的峡谷豁口里已然微露。太阳，它努力地向上拱出山的轮廓线，在山脊烘托出一片金辉。然后，晃动着，晃动着，抖索地分娩，一分钟不到，它跃身出来，豪迈地跨出了豁口。它猛地往上冲，光芒万丈，涤荡尘世的黑暗，转而把涟漪推动的湖波映照红彤。湖面上沸腾了，鸟儿们在水面上竖起身子，敞开心扉，翅翼"蓬蓬"地拍打，嗓眼里"呱呱"地大叫。它们梭子似的冲出，滑轮一般轻松自如地划圈，那是群体接受天恩，在光与水、空气与风中鼓荡胸怀的欣喜。而天空中，它们"扑扑扑"雄强地拍打翅膀，不断有滑翔着、落入水中的轰鸣。先前，早有了寻常的野鸭、绿头鸭、琵嘴鸭，知名与不知名的水鸟混杂在一起。现在，又有了新的成员不断加入，加入到欢呼的群体中。这是一群骨顶鸡，这些新来的贵客，穿透了黎明前最后的黑暗。它们从地球的北端一直向南，数月里风雨兼程，已经飞行了上万千米。整个行程中，经过猎枪和霰弹的击杀，一路上重重叠叠网罩的围捕，毒药的摧残，以及天敌的围剿追击，狂风暴雨的摧折，山岩、高大建筑物、海上灯塔与桥墩的撞击，幸运留存下来的已然不多，就仿佛它们鼻顶上的那片白骨正在哀悼，正在纪念，但它们守时地飞临了大尖山脚下的东西湖，在沐浴中迎接新生。

第三辑 鸟的光阴

我不能告诉他，秘密就在我们的头顶：那里有一对冕柳莺，在合欢树巨大的顶冠下，欢快地跳着探戈，足足已有半个小时。树冠如此之高，它们的身躯又如此之小，彷佛世界上最轻盈的两片树叶，跳着世界上最美好的舞蹈。

傍晚的时刻

傍晚，一天中最神秘的时刻。林子背光的一侧，小河上薄雾淡敷，轻得仿佛不想惊动尘世上的任何东西。渐渐黝黑的叶缘似乎要说出什么，但空落落的长椅，始终保留了沉思的坐姿。倏忽之间，蛱蝶飞来，停在露出水面的湿泥上，它们是在吸附盐，或者其他有用的矿物质？我不得而知。我喜欢发呆，偶尔也会竖起耳朵倾听。那里有准备掘巢过冬的小龙虾，慢慢地扒搔，慢慢地，像隔了整整一个世纪，才从泥穴中滋地一下，弹开水花。

树丛间，又是另一幅景象。背壳上绘满星点的天牛，在樟树的树桠间来回地倒腾，一会儿头朝上，一会儿头朝下。这种浑身铠甲的生物，用钩子似的脚趾钩住树皮，舞动曼妙的长翎，摇头晃脑，张开一对巨齿，没有片刻安宁。我很难想象它那对位置固定的大眼，究竟能对什么东西对住焦点。在紫荆的长荚之间，一只臭蝽钻来钻去，也许意识到了周遭的某种不安宁，突然停止不动，只留给你一对伸平在空气中、锯秃了似的扁嘴巴。露出的身子一侧，还有一条细细的，像用了 2H 铅笔笔尖描绘的虚弧线。假如我伸手去触动它，便会在指头上留下无法形容的怪味，让人闻之作呕。哎呀，二十多年前，当我们还是孩子的时候，我们倒是经常相互撺掇，做出这样的傻事。

鸟是傍晚最灵动的天使。从林子深处出来，就能看到觅食的灰椋鸟。这些头顶髹了漆一般的家伙，足以让一片秋光洒照的草坪活跃鲜明——这当然是我的一种错觉罢了。它们三三两两结伴而行，走走停停，互相招呼着，挨挨擦擦，显得十分活泼。有时候，它们又会猛地一呆，然后一伙儿急匆匆地赶过去看个究竟，仅仅银杏树上刚好掉下来一粒果实，就足以勾起它们的好奇之心。白头鹎站在草坪最外面，这些家伙素来莽撞霸道，但是现在，只能眼睁睁地瞅着灰椋鸟的嚣张。北红尾鸲虽然天性胆小，但也从不放弃自己的机会，一旦灰椋鸟稍有松懈，它就会趁其不备，悬曲了两脚，抡转轮子似的翅膀，把花叶珊瑚的顶叶扇成一阵小小的涡流。它们趁着灰椋鸟追赶白头鹎的当口，叼起一颗草籽，马上颔首挺胸，投进石楠丛中。

这是灌木丛和草坪间的故事，各种明争暗斗一如既往，上演得不亦乐乎。有人从围墙那边过来，和我打招呼。你好，我看你坐在这里好久，他说，你在看什么呢？没什么，我这样回答他。在他过来短短的一分钟内，白头鹎已经像贼一样钻进了槭树细密的枝杈之间。至于那群灰椋鸟，呼啦啦飞到了竹梢遮挡住的净水泵房上面。他只能对我笑笑，站在那里想努力找个新的话题。我当然是彬彬有礼地站起来，笑而不答。我不能告诉他，秘密就在我们的头顶：那里有一对冕柳莺，在合欢树巨大的顶冠下，欢快地跳着探戈，足足已有半个小时。树冠如此之高，它们的身躯又如此之小，彷佛世界上最轻盈的两片树叶，跳着世界上最美好的舞蹈。

老槐树下的午后时光

生活之中并没有太多奇迹发生，更多的只是别人看不见的挣扎与艰辛。冥冥之中，一双看不见的大手掌控命运，生死契阔，中年况味，唯有镇定自若，从容面对。除此之外，我对这个世界仍然充满了专注与好奇。也许，我比从前还要超脱。风雨飘摇，人事泯灭，见惯无惊，我只是更加注重从事物中感知，体味自己的内心。

从早上六点到傍晚六点，记录一棵木芙蓉树的花朵变色；在岩窠边，用二十四小时观察垂老的鸟儿静静等待死亡；在一年里的每个月的第一天站在同一个下水井井盖上为同一棵马褂木拍下十二张照片，这些在旁人看来毫无意义的事情，我至今做来依然津津有味。带着一点点激情和全部的热爱，在有限的人生中荒废时光，又在易于忽略的事物之中偶然所得，不意体察到世界的精微奥妙，这一切已然丰富我自己的生命。

正午，照例是一杯绿茶，一架望远镜，我在四楼的窗前静坐。

我所属意的并不是茶，而是面前的那棵树，以及树杈间不请自来的“贵客”。四月的午后，阳光格外明亮，老槐树花事繁忙，莹白、鹅黄的槐花纷披，在微风中闪闪发光。浓香馥郁，成群结队的蜜蜂在嗡嗡声中劳作，倒让人一时怔忡，以为那是一个王国繁盛的梦境，继而醒过神来，止不住地跟着沉醉。

这一天，来得最早的是鹩哥，一小群冷不丁地飞来。它们举止莽撞，却也颇能消闲，在觅食与休憩的间隙里嬉闹。出乎意料的是，它们从不愿飞到高枝上去，只是盯着几根粗大的横枝做足文章，在那里相互追逐。据我的观察，除了雨天，它们偶尔会飞到树顶的高枝上摆动头颅张望，平素也就是在二三米高的地方短暂停留。游戏是瞬间的事情，觅食的主阵地是在地上，这不过是劳累之余舒筋动骨的一点把戏而已。

眼看着一只鸟儿刚从树下飞掠上横枝，马上就有另外的一只紧跟着上来，它在地底上作势摊平双肩，半张翅翼，两只翼尖像人手一样垂直向下，忽然就支开了翅膀，轮子似的一阵旋转飞动，飞到了半空，两只脚爪蜷缩，竖直胸膛，面向先前的鸟儿。那意思再明白不过，希望先前的那一位赶紧“让贤”。眼看着不能奏效，又在空中忙不迭地扭动身子，转而飞到了另外的一根横枝上。而地面上又有新的鸟儿作势向上，先前抵达横枝的这只鸟儿因为刚刚赢得了一场小小的“胜利”，这会儿愈发装腔作势，它炸开颈翎与肩覆羽，张开嘴巴宣示主权“笛叼—笛叼—叮，嘤——”。最后这只显然不是“善茬”，它毫不理会，竟然“泼喇喇”响亮地发出振动翮羽的声音，直冲而上，那“卫冕者”也就收起那副得意形态，狼狈地逃离，一径跳到地上去了。

它们嬉闹一阵，也就整体撤离了，消失得无影无踪，把午后空白的时间继续放大。麻雀们估计在楼顶的水箱边观察了许久，这才像跳伞运动员一样降落。这些投机主义者总是善于选择时机，一窝蜂地下来，散落在树冠间，争分夺秒地啄食槐米，着急忙慌地叼着来不及咽下的“战利品”撤离。伯劳来了，这勇猛的鸟儿个头并不大，但它的头颅几乎与肩同宽，就像一位壮实的拳击运动员。这位鸟族“泰森”，一向惯于作战，它不仅捕猎毛虫、蝼蛄、天牛，甚至白眉柳莺、棕头鸦雀、煤山雀、田鼠都会成为它的盘中餐，即便是体型和它相当的鹡鸰、白头鹎、领雀嘴鹎、绿翅短脚鹎、白颊噪鹛，见了它也会望风而逃。至于麻雀，这些识相的主儿，焉能不审时度势，溜之大吉？这个狠角色，虎踞在五六米高的树杈间，神态甚是倨傲，把嘴巴里衔着的一堆毛虫放在树干上排列开来，先是左右逡巡一番，低低地“咭吲——咭吲——咭咭吲”哼上一段小曲，这才不慌不忙地——捡拾好猎物，扑腾一下飞走。

很长一段时间，似乎再没有鸟儿经过。我从窗子里起身，极目天宇，这才看到天空中盘旋着的大鵟。我猜想，它们正在领地上巡逻，远处的湖面上波光粼粼，数不清的黑点在湖草边聚集。也许今天又会有一只绿头鸭，或者黑水鸡遭遇不测，因为那俯冲不过是一瞬间的事情，而在微小的疏忽中难免就会又增加一只冤魂……

待我收回视线，这才发现槐叶翻动之间，凭空多了许多片“叶子”。一群黄眉柳莺正在迅疾地更换位置，它们后阵翻过前阵，此起彼伏，翩飞转移，这些微小的生命看着就让人生怜。微风翻动树叶，正好用来障目，而瞬移转换，多少也能减少被杀戮的概率。除了这些，它们别无选择！

我还注意到一只珠颈斑鸠，也悄悄地进入了树冠的庇护之下。清早或傍晚，它也许还会“咕咕，咕咕，咕咕——咕咕——”地叫唤一下伴侣，但在此时，杀机四起，它赶紧敛住声息，从粗大的枝干向树杈间转移，寻觅藏身之处。它的体型过于圆胖，行动尤为笨拙。飞跃的过程中，它尽量减少拍打翅膀的次数，以免那哑闷沉重的打翅声引来不测。它也不善跳跃，只会一前一后移动双脚，肩膀摇晃，屁股摇摆，着实让人好一阵着急。好在那枝干不长，一会儿工夫，它就走到了树杈与叶片的密集之所。

日头渐渐向西，阳光斜照，树丛中和草地上留下了明亮的光柱。那些鸟儿早就飞到了安全的地方，危险解除，一段静谧的时光重又回到老槐树身上。在接近树顶的树冠里面，一根横逸的细枝上，我居然看到了一只寿带，真是令人惊喜过望。这只美丽的雄鸟，站立于晦明交接的槐荫之下，一时被斑驳的光照笼罩，头项散发深蓝的光辉，拖曳着一束长长的尾羽。更为奇妙的是，它的嘴巴里还衔着一根长长的狗尾巴草草茎，在微风中颤动。我从望远镜里望过去，它在那里休憩，两只眼睛散淡宁静，浑然已至忘我的境地。它是什么时候走的，我也不知道，我只能憧憬那儿有

寿带

水面一掠

一个正在建造、充满希望的家。

日头偏西，茶水早已冷去。槐树上突然鼓噪了起来。听那欢悦的“家，家，家家——”的鸣叫，就知道是喜鹊归来了。这勇武大气的鸟儿并不急于还家，而是带着回归的喜悦，预先检视一番。我看着它从下而上，头一扬，摊开双肩，打开了翅翼向上扇动，不急不忙地张开脚爪，歇在了高枝之上。它又下到了低矮的树枝上，对自己的飞行技巧完全了然于胸，头颈微沉，肩膀耸紧，然后摊平双翅向下滑行。这一次停驻，它显然是还想夸张地表演一下，一只脚先行着陆，一个趔趄，后脚紧急跟上，这才在树枝上双脚向前蹦跳着缓冲，尾羽富有节奏地翘动两下，把身子摆弄平衡。然后，扭过头来，再向上看一眼刚刚飞行的来路，它起身了，像是忽然记起了什么，不再犹疑，沿着树干攀援飞上去，猛地就飞到了树顶那一个椭圆的、被夕光映照得红彤彤的巢穴。

一个下午就这样过去了，暮色下沉，我才从沉浸之中蓦地惊醒。天不早了，我要用心做一顿丰盛的晚餐，为这消磨的时光，也为生命中沉甸甸的感知与领受。

喜鹊

黎明前的鸟鸣

卧在床上，从窗口望出去，合欢树上方的那个月亮很圆，圆得不像是个月亮。靠近小河，高的是玉兰树，低的是紫荆花，叶子差不多掉了一半，枝丫间隐约有些窝头似的黑团。夜里很静，听得见窗下蟋蟀的清唱，起先声音流畅而清澈，“织——织——”织什么呢？窗下是矮小的小叶栀子和麦冬，织也是织墙缝里的一缕月光。其后，声音转向锐利与果断，“唧唧——唧唧——”好像是下定决心，拿了刀片去割织机上的布。“嘤嘤——，哽哽——”是土蛙的叫声，我虽然看不到它，但也知道它的模样，成蛙和豹皮青蛙幼时的体型非常相近，但身上披着的却是张和蛤蟆一样的皮。它们是自卑的，只在灌木下、瓦砾间活动。这夜晚静得有些让人发凉，风钩在屋顶的避雷针针尖上，“呜——呼—，呜——呼—”不知扯开了多远。我客厅里的闹钟“嗡塌，嗡塌”地走着，一如迟暮的老人趿拉着布鞋在地板上经过。许久过后，卫生间水龙头里的一滴水，才“叭”的一声落下，就仿佛有一只汗毛猬竖的粗腿，屏着气，正往镜面上攀爬，忽然就掉下来一滴不堪重荷的汗水。这夜晚几乎静得就要让人冰冻，让人四肢麻痹，而我终于听到了响亮的回应。松枝一阵“簌簌”地摇动之后，“我哇——我哇——”的声音终于从负荷中启动，有些喑哑，有些沉闷，但信心十足，力量充沛。而后，又是一段静寂，似乎听到冰雪在山峦的崖壁上缓慢地融化。再等一会，“哩哩—啾啾—咻嗞——”“唧啾—唧啾—”“咭咭，咭咭，唧吁—唧吁—”“喳儿，喳儿——”“叮——叮——”长长短短不同的节奏，已而百鸟齐鸣，林中啁啾不止，房屋与树枝的轮廓渐渐现出，枝丫间窝头似的黑影也开始蠕动，越来越清晰，接着鸟儿们在枝上跳跃，翩然飞起，最后太阳也从海面跃上来了。

早上的歌唱

昨晚上心情不好，我睡得很早。凌晨四点多钟，又听到它们在我窗外吟唱，心绪格外复杂。我本来想蜷在床上，不再去看它们，但有一只白眉鸫在我窗下不住地叫唤，非常执着。那“嘤噫”声虽然较为尖细，但穿透力很强，收尾就像是音叉振动到最后的颤音，一时之下，令我十分迷醉。我在自己粗浊的呼吸声中分辨它的节奏，它一声接着一声，绕着我的呼吸鸣叫，就像是绕着一根柳条，在那上面一粒一粒地数着嫩芽。稍歇息了一会，大概是去啄食了，它又降低了音调，“噫吲——，噫吲——”款款地鸣叫，像是在给新绽放出来的柳粒儿，一滴一滴，依次浇上露水……我于是爬起床来，穿好鞋子走出门去。

有些时日没去长山了，昨天我去的那一趟，只是看到了新布的鸟网，和鸟网上的几只冤魂。这样子已经让我很难受了，从山上转回来时，看林的老头居然还特意在我经过的路口，吊上了一只刺猬——我岂不明白他的意思！镇子边上还有几个卖林鸮的人，它们究竟有什么吃头呢，除了胸前那团肉，全身上下几乎再无一处可以剔下成形的肉块……我想起一个朋友和我的争执："既然你也吃荤，就不要反对我们吃鸟，我们的底线与你不同，我们的底线是不吃人！"我宁愿相信他们都不是坏人。看林的老头也只是想要我从皮夹子里抽出几张花纸头，讹点烟钱罢了……不快的事总是在发生，我向来善于忘记，也不怕再忘却一次。新的一天开始，力量会重新灌注胸膛，燃起新的希望，不光是这些鸟儿，这些事，我的整个人生都必须向前看，充满信心，迎接美好。

这是四月，居民楼和大海之间的那片空地，树木已经大片地发青，跃入眼帘的是不尽的葱茏。白玉兰和东京樱花谢了，开始茂盛地生长叶子，而黄山紫荆剩下的几点残红仍旧娇俏可人，装点着枝条。正是琼花绽放的时节，一簇簇，一团团，枝上一派富贵满堂的光景。宛若大梦初醒，构树和变色木芙蓉虽然枝干裸露，但已在梢头梳出了像样的塔形发髻。地面上，红花酢浆草羞怯地闭合了眼睑，就等着太阳升起来，撑开一把把红彤彤的小洋伞。我甚至听得到，河道两边的芦苇拔节时从心眼里勉力发出来的声息，那声音一度压得很低，在叶柄底部积存的露水里轻轻摇荡，“吁，吁依——”终于释放了出来。时光荏苒，韶华匆匆，置身于草木之中，静静地感受生命的繁复与从容，我又有什么不能放下呢？

有时天地忽然沉静，一刹那间寂然无声，已而日本晚樱的花头悄悄凋落，飘零在我肩头，露珠从竹叶尖上滴溅下来，噼啪地打在我的鞋面上，整个世界就从细柔而忧伤的情绪中回转。林中已是百鸟齐鸣，珠喉呖呖，那鸣声如滴如溅，如泉眼汩汩，如涓涓细流引动，从石畔岩隙间流出，继而活泛地穿引集合，汤汤洄洄，最终汇聚在一起，沸腾不息……

在东面的河坡上，雉鸡是何等自在愉快！经过朝露的滋润，它们粗哑的嗓门居然清脆了许多。这是早上鸣声最大的鸟儿，雄鸟引颈在前，“阔阔——，阔阔——，阔阔——”招呼紧跟着的雌鸟。它昂首挺胸，骄傲地对着一株苦苣头顶上的黄花，煞有介事地大叫，仿佛要显示出一家之主的威风。我实在是不忍心惊动它们，老实说，我厌恶它们惊起时从肺腔里发出的一连串重浊的嘶鸣。早间的鸣声尚且生脆，过了日午——我可不敢恭维。毫无征兆，冷不丁，它“阔

一身锦袍的雉鸡

阔——”一声怪叫，简短，囫囵，浑浊，就像一把年久失修的二胡，在积压的灰尘里扯动。

鸣声稍小一些的，是白胸苦恶鸟。它们有次序地下到河道，拖曳着屁股，从折倒的蒿根上滑下，像是从滚木上往清水里放下了一艘又一艘乌篷船的小模型。一俟全部入水，就开心地亮开嗓子，争先恐后，像一锅沸水那样炸开，在水面上争抢虫子，“苦苦——

哇呜，苦苦——哇呜”地起哄；而它们分散开来，就会安静许多，偶尔有一只大惊小怪，“苦——哇—呃哏，苦——哇—呃哏”地聒噪，心情愉快地一溜小跑，在浅水滨的水芹顶上踩出闪亮的水花。这些脑子向来简单的家伙，活得可真是没心没肺！

而此时，布谷鸟就在河道边的构树枝上。这也是鸣声较大的一种鸟儿，有必要申明的是，它们并不只是在农事繁忙的时节才会叫两句“阿公阿婆——，割麦插禾——”。鬼鬼祟祟地，它们中间的一只伏在枝上装作若无其事，“喀——咕，喀——咕，咕咕——，咕咕——”，不紧不慢地叫着，另一只却暗暗地潜往低处，悄无声息地盯紧了苇莺缝制的“香巢”。这只穿灰斗篷的鸟儿发现我蹲在那里，猛地吓了一跳，赶紧从上方甩下来一泡屎，像个巫婆一样跳起脚，“扑”地一下飞走。它强健有力，掠过苇林时，竟然在苇叶上卷起一阵细小的涡旋。无意间，我捕捉到它惊乍之时的窘状，不禁在心底里暗笑。但若真正论及飞行，我就要对它肃然起敬了。上个月的一天，远远地，从山峦上空，这鸟儿向着河谷平坦处的一片树林飞来，它双翅平展，在高空里滑翔，那种沉着丝毫不亚于一只大鸶。眼看着离树林近了，它猛地一个拉升，拔高了身子，借势竖起，尾羽在空气中撑开，双翅“噼噼噼噼——”急骤地拍响，陡然下降，继而在低空里伸开翅翼滑行，一瞬间就到达了树杈间，扬起翅膀，双脚抓牢。这不过就是十几秒钟的事情，这种高速飞行之中的突然减速，并不借助盘旋来缓冲力量的突然下降，急掠之下的突然停驻，实在是至刚至强，让我看得惊心动魄。倘若不是亲眼所见，我又怎能相信？这当然不是莽撞的举止，它成竹在胸，无论是力量，还是飞行的技巧，它有绝对的自信！这鸟儿又有相当的耐心。一个暮色降临的傍晚，我偶然见到它悄悄潜伏在树杈之间，一两个小时一动也不动，直到月亮渐渐升起。为了这，我幼年时可没少吃苦头，听见它在不远处鸣叫，我却在树林里遍寻不着。我又怎知它如此地沉着，静静地，与那黝黑的树枝融为了一体。

白头鹎是我一提再提的鸟儿，大多数时候，它们鸣声粗鲁，简直是太放肆了，根本不把我当回事。它们还吊儿郎当地随意变换曲调，篡改刚刚演唱过的曲谱。像是偷窥到了我猫在树桩后“盯梢”的不光彩举动，它下定决心“检举揭发”，搞出一副深恶痛绝的样子，卖弄喉舌，卖力地邀功，不免有些自鸣得意。我拿它们没办法，就挑衅似的把望远镜扭过来对准它们。于是，一大群白头鹎又向我显示出它们的狡黠：有两只故意做出很丑陋也很蠢笨的飞行姿势，打开翅膀，接着又合拢，像飞行在空中的小炸弹一样，飞到远一点的树上去了——不过是想要引诱我离开罢了；另外两只却是佯装逃走，其实只是沉下身子，跳到了隐蔽的枝叶底下；还有一只，高高地端坐树巅，根本就不愿多理睬我，偏过头去，起劲地一阵鼓噪，且带有警示音，"喳儿——，喳儿——，啾——"地抗议，仿佛是说："谁怕你了，怎么样，你有本事倒是爬上树来呀！"我只好苦笑，心想它误会了我的意思，我又何曾厌憎过它们呢？大抵鸟儿的鸣声都会随着季节改变，就算是清早与日中，午后与傍晚，鸟儿的鸣声也多有不同。二月的白头鹎在清早"哩哩——咕——，毕啾——，毕啾——"，也会叫出一小段清丽的唱辞。"咕咕——咕咕——，咕咕——咕咕——"，三月的布谷鸟鸣声并不高亢，若远若近，从树丛新发的嫩叶间隙里传来，亦真亦幻，让人心绪萌动，往往不能自已。至于一天之中，一旦早上四五点的光景过去，鸟儿们似乎在露水里润过的歌喉，就会因为嗓眼里的残渣和腹中作胀的食物而改变，鸣声变得喑哑重浊。看客们不妨做个比较，用一双耳朵仔细地倾听辨别吧。

有一些鸟儿的叫声不算清晰，比如麻雀，叽叽喳喳的。这些乡村吹鼓手，总想冒充流行歌手，却终究难登大雅之堂，一开口就露了馅，每每被我忍不住地讥笑。这些“老街坊们”似乎很不好意思，意识到打扰了我，就赶紧收拾陈旧的乐器，一道烟似的跑远。而一只小云雀站在朴树的枝巅，头上的小发冠梳得齐齐整整，它冲向草丛时，炫耀似的发出了清丽的鸣声。

云雀

煤山雀性情活泼，也足够胆大，一小群在樟树树冠间蹦跳，即便在打量我的当口，也会“毕毕——咭，毕毕——咭”响亮地鸣叫。白腰文鸟往往成对儿出来，它们个头很小，显得很谨慎，实际上并不胆小，有可能它们就在你的头顶，但它们不常吭声，在你没有发觉它们，或者它们认为没有危险时，还会在密集的树杈和树叶间上上下下地跳动，而且还会互相逗弄，做出一番小儿女相依相恋的情态来。有时，它们格外胆大，从树上忽地就飞临了水面，就像一对小小的伞兵，把脚爪下垂到厚实的青苔上面，捡拾苔丝和樟树掉落下来的花实。根据我观察得来的经验，鸟儿最怕的并不是人，鸟儿最怕的是人的眼睛，人眼与鸟眼一旦视线交接，鸟儿就会十分恐慌。说起来，鸟眼远比人眼敏锐有力，但在这种情况下大部分的鸟儿往往却只会选择尽快地逃走。果然，这一对小夫妻和我对视一下，“噫”一声惊叫，小小的身子就像纺车架上的棉花锭子一样振动，飞起来，飞到了离我二三十米远的另一棵树上。

有些鸟儿会发出很好听的鸣声，比如园林莺、柳莺，甚至强爪树莺也是此中的高手，不管是在劳作或是休闲间隙，它们都乐意一展歌喉。有些鸟儿却是很难开次“金口”。我在海棠树的枝杈间看到一只红肋蓝尾鸲，我知道它也是天生一副轻柔的好嗓子，可它似乎没有养成自觉表演艺术的习惯。或许是它一时心血来潮，想要耍耍“大牌”，总之我等了老长时间，它愣是没有给我演奏。今天早上，我还在高大的合欢树顶上，发现了一只十分罕见的白眉鹟，这小东西异常警觉，像片榆钱一样在高高的树梢间扑动，起先它一声不吭，待到注意到我，这才发出细小涟漪漾动一样的鸣叫，急忙逃逸。要观察到它们的一举一动实属不易，很多人也许并不相信，亲近鸟儿最好的方式其实就是藏在那里，你最好是一步也不要挪动。除了在那里凝神倾听，还有什么更好的办法呢？

长山鸟情

从秦山脚下出发，沿着曲折的海岸线向南，就会到达周家舍这个小村子西头的高坝。现在，道路被拉直、放宽，高坝已被生生削平。

两年前是另外一幅景象。一条碎石子铺就的公路，高出海边的农田很多，道路两旁栽种了异常稠密的榆树。年代久远，它们长得十分高大。有时候，清凉的树荫里会有一个骑三轮车的农夫经过，车斗里面装着农田里收获的蔬菜。偶尔，也会有一两只野兔藏在老榆树盘结的树根底部，打量一下，飞快地跑过路面。或者，一只雉鸡扑腾着笨重的身体，从农田里惊起，跳到河边的竹丛中去。大多数时候，凉阴如水，道路无人问津，维持着某种稀薄的宁静。

九月，飞天一样的榆树枝条，在天空中尽力伸展，倾情交叠。云翳，光斑，或明或暗，细小的枝脉随着光线闪烁不定，像是大理石缜密的纹理。碧绿、黛青、青黄的树叶混杂在一起，如同翡玉铺就的长廊穹顶，仿佛要伸向天际，一眼望不到尽头。石子路上，树影斑驳，微风簌簌地吹动细小的砂粒，恍惚是潮汐在轻言细语，嬉戏银色的沙滩。

走出长廊，便是高坝。站在道路的最高处，眺望长山，豁然开朗，东南引望，一览无遗。数百只白鹭在高空之下，编排成整齐划一的飞行方阵，蔚为壮观。它们拍打气流，展翅向海滩飞去，太阳洒照在银色的翅翼上，扑溅的反光，明明灭灭，而翼尖闪耀的光芒，有如钢制的钉刺一样尖亮。前方，长山如墙，在大海边摆开一字长蛇的阵仗。从山脊上覆压下来，橘红色的云朵，千朵万朵，从长山余脉尾端，向着海滩和潮头，尽情地流泻鼓涌，形成了一片数千米长的彤红云障。

这只是一天之中、一个下午短暂的时光。黎明前，是与之迥异的另一幅景象。海天相接处，熹微初露，一抹鱼肚白泛起，云影狭长而淡漠，而天空却格外高旷，有如一面缀了丝纽的古镜，幽深而明净。鹭鸟，在远远的山峰上开始鼓噪、跃动，偶有一只鹭鸟的影子，从黛色的林子上方溅出，飞起，下降，再飞起，下降。渐渐，飞出来两只，三只，越来越多，空气越来越活泼，鸟儿的剪影扑朔迷离。林子上方沸腾起来了，数不清的鸟儿不断跃跃欲试，摩擦羽翼，接着一群一群地飞出，汇聚在一起。

它们结阵而来，挟裹巨大的阴影，势必要完全遮蔽天空。一波黑白交叠的涛浪朝着眼前涌来，远远地聆听它们，无数双翅膀同时拍击气流，那声响深沉而雄浑。小半盏茶的工夫，它们就飞到了眼前，翅翼拍打的声音更加清脆，夹杂着嗓眼里“呱呱哑哑”的鸣叫，仿佛是宏大的交响乐队，一起演奏波澜壮阔的乐章。转眼之间，它们更加迫近，云涛震颤，宛如巨大的瀑布在头顶奔泻。我能看到它们的嘴巴、眉眼、清瘦而矫健的身躯、拉得笔直的双腿，耳边如此清晰地传来翅羽割破气流的声音，它们呼吸的声音，树叶与草茎振动的声音，甚至是我的衣袂飘荡起来的声音。队伍威武豪迈，但是丝毫不显凌乱，你根本不用担心它们会彼此相撞。它们井然有序，整体稳定地保持沉酣的节奏向前飞去。天色依然黯淡，鼓翼掠翅，丽影翩跹，它们从我的头顶上飞过，有如在幽暗的深水里摇摆桨叶，而我眼看着这一重重黑沉沉的波浪，仿佛置身于太虚幻境，听凭它们拂荡心扉，带向遥远的千山万水……

从高坝出发，一条小路偏向东北，得以在长草之间隐秘地保存。因而，我可以借此直插到长山的东北角，径直走到大海面前。

长山鳄鱼一样粗大的尾巴横扫过去，永久地搁在一边，把异常宽阔的一片湿地展现在眼前。这不是农场，不是沙场，而是一片数千亩蔚为壮观、平整的滩涂。站在长山脚下，要借助高倍的望远镜才能清晰地分辨潮线上的浪涛。自秦皇平定六合、长山命名以来，这片滩涂就一直静静地沉睡在浩瀚的天宇之下，听任苔藓、三棱草与低矮的海芦苇，一代代自生自灭……现在，我也只能凭借记忆，如实地记录。一切，早已成为过眼烟云。长山被拦腰挖断，生生断成数截，再也不能被称为“长墙”。二〇〇九年秋天，最后的一角滩涂也被炸开山头之后运过来的山石填平，并且一直填过去，连海沟也填平了，与名为顾山的海岛连成一片。值得庆幸的是，纯属无心，我此前曾在拙作《澉浦秋兴》之中，无意地讴歌过完整的长山。我也肯定是最后一个从滩涂上泅游过湍急的海沟，登上顾山，追踪百灵鸟和云雀的人。那一天，从顾山上下来，我还亲眼看见无处歇足的毛脚燕在海风中久久地盘旋，不愿离去，发出撕心裂肺的悲鸣。它们将从此失去祖先留给它们的家园，而我们的子孙后代，将来又能如何？说得远了，就让文字在这里暂且留驻，缅怀往昔美好的时光吧。

潮水，拖曳着长长的裙裾走过，无数白亮的气泡在阳光照射下、在水岸边、在新勾勒出的海沟褶皱带上迸裂。从潮头前回望，碧油油的莎草被镀上光影，晦明不定，在海风的吹拂下，茎秆噼啪作响，一直绵延至长山脚下。朝阳映照，无数的水洼子，裸露出来的泥埒、泥胎、泥基，全部变成了光源体，在天空下反射出橘红或黄白灼人眼目的反光。跳鱼儿，支起一只脚，飞快地从水面和沙泥上往前跳，在浅水里溅出一圈又一圈的涟漪。沙鳅，全身布满麻色斑点，扭动绸缎似的小尾巴，赶紧找寻藏身的巢穴。嘴角里淌着海水与气泡的枪蟹、寄居蟹、沙蟹，忙不迭地爬来爬去，寻找搁浅的食物。看起来，它们的生活自由自在，无忧无虑，然而此时的滩涂，不知不觉，数不清的鸟儿业已光临。

成群的鸥鸟撵着潮头飞翔，“晏晏——”地鸣叫，它们穿戴烟灰色的短袄，专门在潮水退却时趁火打劫，捕捉那些粗心大意、来不及撤退到海里的鱼儿。而环颈鸻和金眶鸻，显然也把这里当成了它们的自助餐厅。这些美丽的鸻鸟，瞳孔几乎占据整个眼球的百分之九十，微微凸出，流光溢彩，如同宝石般晶莹透亮。值得一提的是金眶鸻，它还要在长圆的宝石四周，镶嵌一圈金色的“火圈”；当它们站在沙丘上休憩，你还能看到纤巧瘦削的腿骨，一对鲜丽的三趾蹼足有如两只橘红的舞鞋一般。这模样，何等清雅可人。现在，它们异常地活跃，在泥涂中快速移动。淤泥当中，当别的鸟儿还在那里为之苦恼，用一对瘦硬的枝脚蹀躞之时，它们早就在沙浆和泥水中奔跑了起来，那双蹼脚有如轻舟，足以保证它们涉水蹚泥，畅行无碍。一旦看到前方蠕动的鱼儿和虾蟹，它们就猛地顿挫身子，飞快地冲过去。它们还互通消息，嘴巴里叫喊着“丢丢，丢丢，丢丢丢”似乎在提醒同伴，别管脚下，快往前看，快往前看，那里有更好的磷虾与螃蟹。它们如此快心快意地找寻食物，忽而停下，急骤地给上一喙，再叼起来，吃得不亦乐乎。

滩涂上，常见的还有白腰杓鹬、白腰草鹬和黑尾塍鹬。这些鸟儿的体型略大于鸻鸟与鸥类，枝脚却是又细又高，每每尽力跨开步子，就像是在丈量土地一般。它们不紧不慢，走走停停，委实有点自知之明。只有这样安安静静，把长嘴伸到沙泥里去耐心地筛洗、过滤、挑拣，它们才可以寻找到可口的食物。偶尔，它们逮到了一只青蛙或者一条跳鱼，也不会分外惊诧，只是抬起头来，耸动脖子，默然吞吃了了事，而后继续埋下头去，去做那觅食的工作。有时候，一只白腰草鹬会突然惊起，飞离滩涂，发出响亮的鸣声。至于白腰杓鹬，它会把嘹亮的鸣声渐次升高，而后在喉舌间陡然下沉为降调，添加些莫名花哨的哭泣音，这样陡然由喜到悲，出人意料的情感过渡，还真让我头脑一下子转不过弯来。莫名其妙，我至今也不知道它的凄惶所为何故。

更大些的鸟，是夜鹭、牛背鹭、白鹭等等。我想说的是苍鹭，它们离人远远的，蹲坐在海沟边上，很久一动也不动，只是神情萧索，漠然地望着潮水的白头。我常想，它们是心意苦淡的鸟儿，我往常见了，禁不住内心沉滞，不免黯然神伤。忽然有一天，我看到高高的天，宽广无垠的大海，海面上浮游的云层，心有所悟，超脱了眼前的一切，于是我和它们一道，向烟波深处游目骋怀，果然就在转瞬间忘却了自己。

在长山，与白鹭和苍鹭体型差可相似的是大麻鳽。这也是长山脚下，性格最为孤僻的水禽。

从长山尾部沿着山脊翻过去，抵达中后部，高

朱鹮与苍鹭

壁孤仞，形成了一个巨大的天然海坳。坳口深凹，有如龙口含珠，正对一座孤岛。在海坳与孤岛之间，有时是湍急的洄流，有时潮水打着漩涡旋下去，会露出盘曲深隐的海沟，泥沙淤积，在那里缓慢地流移。高高的芦苇从海水的浸泡中直起身来，在石壁的倒影之下，在风中，肆意地摇荡，因而把海坳下的泥滩烘托得更加阴暗与诡秘。

这是大麻鳽素常栖身的地方。初见之下，这巨大的鸟儿就让我屏住呼吸，不由得心里猛地一怔。夕阳西下，潮水早已退却，泥沙细流的暗影缓缓移动，斑驳陆离的芦苇从湿漉漉淌着水滴，它兀自独立于苇根之下。憨笨粗壮的身体，因为羽毛蓬松而愈发膨胀，褐黄的麻羽纹路，从头顶和腮边两道漆黑的短绒下，一路缠绕纠结下去，别提有多别扭。它又时不时竖起脖颈，把一张矛尖一样的巨喙直直地刺向天空，向着四周转动。我明白它在察看周匝的动静，黑冠碧眼，黄嘴白颏，麻衣在身，下面却是一对绿油油的腿拐，这副面容丑恶狰狞，倒像是灵官与恶煞转世。

一两个小时的辰光，我未曾见这鸟儿专心觅食，它总是在那里谨慎地提防。黄昏时分，它转而立于高出水面的泥垄，身前身后都是在涡流中哗啦啦作响的芦苇，海沟里强劲的风将它胸脯上的羽毛吹得十分凌乱。无意中，它窥见到了我，我原本以为它那么小心翼翼，会就此飞走。没想到，它居然也并不太吃惊，只是拾起步子，一步一步，缓慢地往芦苇丛中走去。它停下来，再次把头颅举向天空，长久地凝滞不语，一副仰首问苍天的样子。它的行为如此怪异与荒诞，着实让我琢磨不透。我心里胡乱想到的，只是种种臆测罢了，除了那阵引颈问天，我未曾见过它有其他乖张的举动。至于面目可憎，那也不过是我一厢情愿的审美罢了，上天造化万物，自有妙处，我又何必如此谵妄。

前前后后，我在长山的海坳里见过三次大麻鳽。那天，我还在滩涂中看到一只年青的鸟儿，它竖起头颈，突然就敞开了喉咙，发出震耳欲聋、鼓鸣一样强劲的叫声，听得真让人动容。待我走近了，却发现它伤了一只翅膀，耷拉着，那种悲愤的情绪瞬间就传染给了我。我还曾近距离走近另一只。它死了，死在海岸边一块硕大的岩石之下。从头到脚，我给它量了量，足足九十二厘米。我宁愿相信这落寞寡欢的鸟儿，是它的生命自然地走到了尽头。

这些，是我一个人的“鸟道”。

很多时候，我会驱车经行长山河畔一侧的乡村土路，穿过澉浦古镇，抵临长山的最南端，一直到大海边上。与周边大多留存下来的古镇一样，这个镇子数度改建，如今古老的残存几乎只有那个镇子的名称。历史上，这里曾经数次驻军，作为要辖，同时维系着本地的经济命脉。“弹丸一地东南重”，大概就是如此功用。还有什么？是干宝曾在这里为父守孝，写出了《搜神记》？还是郭子仪的孙子亲手植下了那棵而今已奄奄一息的古银杏？是杨梓在这里为骚子歌谱曲，由此而使昆曲发轫？抑或又是常棠在这里隐居不仕，写出中国第一部镇志《澉水志》？浪花淘尽多少英雄，千古往事，只堪留与后人戏说。

大约十年前，澉浦镇中心小学的老师陈其昌先生，在工作之余亲手制作了本地的留鸟及过境候鸟的标本。我曾经有意前往小学拜访，但他已经退休，搬离了镇子。其后，我又打听他的新居地，“寻隐者不遇”，又是几次扑空。我们之间，竟然错过得如此自然。听凭别人的转述，印象中他大概是忠厚实诚的，虽则是小学教员，但口齿也不算利索，反而有些沉默寡言。老人家穿着破旧的衣裳，驼了背，一个人山径上、海潮边、滩涂上，踽踽而行。或许，他是不寂寞的，他的身边总会有几个喜欢看鸟、喜欢鸟儿鸣和的学生吧。

他的“工程”看似简单，实则艰辛无比。他要自带干粮进山。不管晴天还是雨天，道路多么崎岖难行，都要一趟趟地去山里和海边搜寻不同的鸟儿，再暗暗地记在心里，回来后查阅资料，一一记录。他要不断地跟猎人、鸟贩子、商人，甚至是普通的山民打交道，找到一只完整的、可以制成标本的鸟儿。他要从自己微薄的薪水中挤出经费，去购买制作标本的药剂。他要自行削制各种竹弓、钢丝架子。这样的努力终于在数年后有了结果。一是印刷出了一本没有书号、但是鸟种较为完备的鸟类图册。另一个结果让人哭笑不得，他留下了一堆需要四处求爷爷拜奶奶才有地方来存放的鸟类标本。他终于做完了这份不仅耗时，而且耗费金钱、浪费青春年华的赔本买卖——他终于给了自己一个结论。没有什么，这个世界上总要有人执着地去做些惹人讥笑的事情。

我看过那些栩栩如生的标本。不过，我还是喜欢活着的鸟儿。原因只有一个，死亡不能留住鸟羽的颜色，至少，不能完全地留住。羽毛的颜色，就是鸟儿血液的颜色。只有鸟儿活着，鸟的生命体征存在，血液流充到四肢百骸，流到纤微的羽毛血管之中，才会与体表的空气结合，呈现出鸟儿羽毛上特有的钢灰色。再高明的画家，也不能画出比鸟儿本身更为鲜丽的羽毛，其真正的原因正是在这里。那是血液的颜色，是一种生命深处激发出来的颜色。

从澉浦镇出来，沿着长山河，一直走到入海口，就到了长山的最南端。隔海相望，那是巫子山大小的两座岛屿。长山和巫子山形成了一个狭窄的夹角，一个喇叭形的口子。潮水流往长山，转而被如墙的山体所阻，被迫从喇叭口浩浩荡荡地涌出去，一直涌向盐官，这才是举世闻名的钱塘潮。从钱塘江水里带来的鱼儿，还有长山河里夹带着的鱼儿，一起卷在海水里，跟着潮流，转而被卷向飏山方向的海沟，可怜巴巴地，希望能再啜饮一口从山脚流下来的淡水。

数不清的淡水鱼冲向海沟，在那里迎接水流，拼命地打开腮耙，呼吸水中的氧气。它们摇头摆尾，在海沟中攒着劲奋力挣扎，银色的鳞甲甩动得让人眼花缭乱，一连串噼啪作响的击打溅起了无数的水花，似乎在争相吟唱最后的挽歌。

一饮一啄，原本天定。它们垂死挣扎的举动立刻吸引来大批的水鸟。鸟儿们展开羽翼，悠然地飞过滩涂，气流鼓动下，力量得到充分的展示，血液尽情地刺激每一根血管，因而翅翼上的颜色显得更加鲜艳，就像一大片浮漾在天际的闪光体。食物丰富得令人咋舌，免不了一番争抢与鼓噪。而后，喧哗声逐渐宁息，鸟儿们充当了送灵人的角色，把那些宁死也要努力向前的鱼儿，一一埋葬到肚腹。

不觉间季节轮换，整座山林都被厚厚的积雪包裹，食物变得匮乏。雪凇不断地掉落下来，仿佛灵魂不堪重负，于是化为缕缕轻烟，随风飘散。潮水退却了，沙滩接连几个小时裸露在阴沉的天空之下。雪继续落下来，直至最终完全覆盖。除了那一波又一波幸灾乐祸、黑色的海水，整个世界几乎一片银白。

夜鹭在暴躁不安中一遍又一遍地飞出，又无功而返。而苍鹭宛如寒江垂钓的蓑笠翁，依然耐心地守候在滩头。等得久了，它们肩挑积雪，勉力从鼓荡的潮头边飞起，不发一声怨憎，悠悠然，悠悠然地，飞向对面的岛屿，渐行渐远了，才隐没于黑水白山之间。

除了在林子边缘和滩涂边接近水禽，有时我也会进山，去看一看那些活跃在枝头和草地的鸟儿。长山，鸟儿的种类繁多，白眉鸫、栗鹀、苇鹀、小鸦鹃、树莺、戴菊、发冠卷尾、黑冠鹃隼、十二黄、绣眼、画眉等等。最多的，却是鸫。无论你走到长山的哪一片角落，都能看到不同的鸫鸟。长山，是鸫鸟的天然博物馆，比如乌鸫、乌灰鸫、白眉鸫、白腹鸫、灰背鸫、斑鸫、虎斑地鸫、橙头地鸫，又比如矶鸫、蓝矶鸫、白眉矶鸫、白腹矶鸫、白喉矶鸫、紫啸鸫等等，不一而足，触目尽是。

林子高处，多的是些装腔作势的乌鸫，这些自作聪明的家伙，从苦楝子树或者构树上飞下来，掩耳盗铃似的兜个小圈子，就以为吸引开了我的目光。紫啸鸫是警觉的，这猛悍的鸟儿，全身上下的羽毛流淌紫色的荧光，它在树上用一双炯炯有神的眼睛盯紧了我。它几乎就要确信我完全没有危险了，然而却仍在最后一刻，惊惶飞走。我是如此地喜欢乌灰鸫和斑鸫，那鸣腔从容不迫，鸣声宛转而动听，尖喙稍张，小小的喉舌像钟柄一样支起，这扮相与唱功，要多可爱便有多可爱。

鸫鸟是长山的象征。有长山在，便有鸫鸟。有了鸫鸟的守望，便是有意义的长山。我是这样想的。有时候我去看望鸟儿，偶尔走神，不自觉地就会想到更多的东西。那山上有一座遗弃的碉堡。那山上有坟。

紫啸鸫

长山，我往来何止上百次，几乎攀爬和抚摸了它身上的每个骨节和毛孔。在那座遗弃的碉堡里，曾经也住过那么一个痴心守望的人。无论阴晴圆缺，刮风下雨，甚至是台风来临，他都孤身一人守望荒山之上。这是一名叫作严刘祥的水文观察员，他把一生中最美好的年华贡献给了这里。我很难用自己的语言，找出完整的理由，来解释发生在他身上的事情。于我而言，我是信奉草木荣枯的信条。难道对他而言，仅仅是出自信仰？难道他也如同这些鸟儿一样，有着守望的心境？我有时想，或许他的心里已经生出了一双翅膀，他是另一只鸟。还是看诗吧，我的诗友米丁先生已经把他的一生定格在这首诗里：

用早晨的阳光搓把海水
寒来暑往，脸就被洗得
结满盐花了

四十年前，水利学校
毕业的毛头小伙子
至今还怀着内心的坚定：潮涨汐落
很重要，台湾回归

离不开这些水文资料

——妻子只来过三趟
山上是坟葬地
她说怕，还怕半夜的涛声

这里是浙江澉浦水文站
山顶的小屋到山脚的观潮点
二百二十米的石阶像琴键
他每天只弹一首曲：和潮水约会
且从未爽约

问他常回去么——
对着摄像机镜头，仿佛对着
离水文站二十里外的家人
——没赶上给二老送终
三个孩子出生，一次也不在
妻子身边
在这里，我说一声
实在对不起

愧疚的脸上顿时溢出

洇血的盐花

——米丁《守望》

不置臧否了。山上有坟。都是要死的。就是鸟，也是要死的。我是爱极了鸟儿清淡的面容和它们古淡的神情，爱极了它们的轻捷伶俐，我更爱鸟儿的自由自在，爱它们的飞。与我笨重的身躯以及负重的生活相比，它们实在是轻灵无比。鸟，就是一个长出了翅膀的灵魂。鸟，就是一个会飞的灵魂。不错，死亡早在生命降生的那一刻就已签下契约，如果生是起点，那么死就是最后那个点。终点。

在山脚下
村子里死去的人
一个接着一个，一代接着一代
都被移到了山上

在山上，村子里的人
就这样冷冷地看着山下
村子里的那些人。

——《村子里的人》

那么多的坟冢在山上，像一个村庄，寂然无声。那么多的生命和我一样，还在滚滚红尘中悲欣交集。有时候，我在坟冢之间穿行，去跟随那些鸟踪，就会想到一生之中的忍辱负重。一辈子兢兢业业，孜孜不倦，勇猛精进，纵横四海，那是生者的态度。明知百年归卧之处，横跨不过一跬，纵行不过两步，也不会责怪天命使然。纵然哪一天老病缠身，油干灯枯，也不至于叹惋长嗟。

与这世上其他的生灵不尽相同，鸟在最后一刻，是以殉道般的方式来结束自己的生命的。与我心里时常所渴望的一样，几乎所有的鸟儿，都会向往死在荒僻的路上。它们寻找枝杈的最高处，寻找岩罅，寻找光溜溜的石壁上的那一个洞穴……经常会有这样的情形，在你最不留意的地方，可以看到鸟儿完整的骨骸，生命垂老之时，它们安详而宁静——那就是一种修行。它们恪守命道，坦然临别。曾在天空翱翔，此刻生命归还给大地，灵魂，仍然轻捷地飞翔。

第四辑

山光鸟影

坦率地说，我更愿意从我的笔下涌出美，写下美，宽容并善待这个世界，我希望我的文字能够使人的内心柔软，带给人们幸福的憧憬和满足。大多数时候我观察鸟，记录鸟，感受鸟，我愿意用心去写，借助我的心力，我写得耐心而细致，甚至听得到一个字又一个字落下来，它们轻轻地靠拢时触碰的轻响。

观鸟小叙

我近来愈发走得远了，向北的脚迹到了九龙山、东湖、瓦山一带，那是平湖的地界；向南，则是沿着长长的海岸线，抵达北木山、独山、紫云山、高阳山一带，甚至一度到了大尖山，深入海宁的腹地。我喜欢那些鸟儿，长了一颗渴望自由与飞翔的心。即便如此，我也没有走出嘉兴地头的意思。名山大川固然美好，真正喜欢在风景里逗留的人，却从来不会忽略身边的事物。

沿着僻静的道路前行，草木无语，听得到自己的脚步声与呼吸声。有时，我许会遇到一两个默然拉着大板车的苍头，或者是背着一副沉重的柴担、弯着腰、蹒跚着、踽踽前行的老太太。这多少有些令人伤感。但是生命并不总是这样衰颓、忍辱负重与悲观。有时候，我会看到三三两两的农人站在稻田里，一边大声交谈，一边在阳光下有力地挥舞镰刀。而我走出林子，横穿过公路，偶然就有四五个放晚学的学生在石子路上飞奔，自行车的龙头猛烈甩动，钢圈和辐条银花闪耀，他们骑得兴起，兴许是背上发了汗，就把解开的校服从背后往上掀起，用头顶撑着，就像飞过去一只只欢快的大鸟。看鸟，要的是那份心情，那个过程，若你真的有心，一切活动的事物都可以是鸟，眼里所见自也是鸟的生活模式。甚至我自己，就是一只鸟，满怀鸟的心情。

林子、山坡、田埂上都是鸟儿，海滩上那些移动的小点儿，也是鸟。我眼中活动的全是鸟儿。但是，并不是所有的人都能知道这一切，对他们而言，我眼前都是被遮蔽了的秘密。转眼间，强爪树莺一齐歇了声，在浓密的树冠里轻巧地避开枝杈，迅速地向着山坡下移动。乌鸫避开田地里劳作的农人的视线，在高大的构树枝上飞上飞下，悄无声息地完成了好几次俯冲。一只斑鸫还瞅准时机，趁人不注意，从地面的土丘上飞起。它保持离草尖约二十厘米的高度飞行，直到飞到一棵石楠跟前，才翩然转过六十度弯，在一阵紧密的“呼嘘哗啦”的飞行声中拔高身子，飞到树冠上，叼起一颗果实，伸缩脖子咽下。而后，贪心地又啄下一颗，含紧了，打个旋，这才贴地飞回。

在斑鸫漂亮地完成这些工作的时候，田鹀也没闲着。这机警的鸟儿在茭白林的一角拉开翅翼，抡圆了，才扇动几下子，就飞进了一块桑树地，攀援在一茎细小的桑条上，风不仅把它小小的发冠吹偏，而且把它脖颈上纵条纹的“围领”也吹得翻转了过来，但它显然很满意这次成功的闪避。“涕噼——”“涕噼——”，它间隔一会，就叫上一声，心满意足地欣赏自己闪颤的尾音。它叫得确实十分动听，响亮，乐观，充满活力，我眯起眼来细听，竟然感觉到了自己心尖上的回应，那是一个富有弹性的琴键，轻快地按压下去，又有力地弹回来。

我这样在这里沉迷，却引起了几个农人的不解。我眼见他们丢下手里的活计，围拢了过来。你在干什么呢？我看你动也不动，在这里好几个小时了，一个人说。就是啊，你不会有什么事吧？另一个妇人也搭上话头添了一句。我能说什么，我只好站起来笑笑，搔搔头，不好意思地走开。这还不算什么。有一次，我在海滩边的一块礁石后一动不动地待了半天，直到海潮漫上我的脚背，一个渔民居然拿了扎渔网的棍子敲我的肩膀，把我吓得一屁股坐在滩涂里。我向他解释我在看那些海鸟，他也不信。他在我身边的芦苇从里大喇喇地尿尿，还不忘充满疑惑地反问我一句，你就不拉尿？我说我拉啊，就拉在自己脚下。有毛病，他在海风中嘀咕一句，扛起渔网，哼着小调，几步就跨离了我。

去瓦山

每年有两次去瓦山看鸟，一是春天，一是秋天。沿着海岸线向北，芦苇绵延数十千米。自开阔处眺望大海，万亩海滩，碧绿碧绿的莎草成团成块，星罗棋布。目力所尽，视线所终，衔接一波接着一波闪耀的水线。这是从前的景象。现在围海造田，却是另一幅光景。鸟的栖息地不断减少，徒添些唏嘘罢了。

看鸟的途中，有片林子不得不说。是一片桃林，对着大海呈字母 F 状布排，F 长边背靠一条 T 字形的小河。春天，桃花在海边开得烂漫，林子上空烟水氤氲，弥漫的气息让人恍惚置身于一个遥远的所在，浮泛着几分玄妙。

我是有些迷信的吧，总相信林子里有什么神秘的东西存在。这么多年，林子我去得多了，但至今依然遵从内心的感觉。

有的林子很友好，连它所有的叶子都会在你心头窝里叫，来呀，进来呀，给你一把清风。有的显然没那么友好，水土滋养，它有它本然的性格，让人毛骨悚然，你走近它，猛地一棵大树弯折摇晃，向你露出狰狞的魅影，让你不由得浑身汗毛倒竖，背心里一片冷汗冰凉。也有林子可以随便出入，就连日影与月影也没有太大的变幻，大概你总待在那里也没事。但有时，林子会渐渐变得严肃，变得刻厉，不那么容忍人，它吁了一口风过来，冷冷的，你现在出去吧，那是一个逐客令。

这一片桃林，牛头伯劳是不大进去的。它只在林缘活动，或者见我走近，就一个纵身，摊平了双肩滑行一段，忽然扑啦扑啦地扇起翅膀，几下就飞到了高高的白杨树上。它歪过头盯着我，示警似的，用粗哑的嗓子，“喳儿喳儿”地大叫。这鸟本身就是个狠角色，天生胆大、彪悍。硕大的头颅几乎与肩同宽，两道白眉斜插到鼻梁，弯钩一样覆盖住下嘴唇的尖喙，毫无疑问地显示了它的强大。

你见过一种鸟，永远对人类摆出不屑的表情吗？有的。不错，是它。大鵟有俯看众生、睥睨天下的傲气，但也不曾像这鸟儿这样满不在乎，一副轻视你的神情。常年，我都会看到它，在树梢，在草地上，时不时欺负过路的鸟儿，俨然独霸一方的暴君。它欢乐、怡然自得的样子，我也曾有幸偷偷地观察到。它在樱花树肥硕的树叶下，短暂地休憩，“驹儿——驹儿——蛐蛐”，居然能唱出一整段完整的曲调，原来它闭着嘴竟能吟出如此美妙的曲调，这般温柔深情，又哪像它平时粗哑的嗓门那般凶横霸道呢。我见多了的，还有它的暴行。有人把它称为屠夫鸟，不无道理。有一次正午，在桂花树的枝杈间，我见到它摆放了几条业已死去多时的青虫，在那里兴致勃勃地摆弄。它有曝尸的癖好。我见了，心下的难受，无以言表。

说得远了，这鸟儿大抵是有些忌惮这片林子，兀自飞到了一旁，再也不曾鸣叫，只是冷眼察看我的举动。我本来迷惘，但看着林子不大，心下也是不惧，直接穿了进去。林子里跑过一只野兔，三拐两拐，便不见了踪影。又有一身锦袍的雉鸡，猛地跳起来，喀喀地大叫，左撇右捺，几个趔趄，在一个草丘前失去了踪影。我冒冒失失，闯进了一片幽秘所在。鬼影也没有，只有几座坍顶塌肩、零乱布排的小坟，和数道长袖般的白雾……

去瓦山，也会有这样的寒意在心头笼罩。瓦山不大，南北横贯，最高处恐怕不过十五米，宽约二十米，长约一千米。瓦山三面水洼，独北边可以辟开草莽进去。春天里，百植待兴，却早有蒜兰先开。花色或鲜红，或蓝白，也无茎叶，只是几管球茎擎着一柱花葶，艳丽无匹，在土坡上的冷风里绽放。四野里纵是绿芽新萌，依然缭乱不堪，多的是往年的枯草，乱蓬蓬地不堪担负岁月之重，倒伏在那里。

既叫瓦山，自有山脊隆起。林子里鲜有来人，树木遮天蔽日。小路两侧，东面多油松、马尾松，牵牵蔓蔓，树与树之间缠络了枯藤，一时没有醒过神来，一幅秋山旷野图的样子。白头鹎一群群飞来飞去，马蹄笃笃似的散开。乌鸦甚是不喜欢局促的地方，它们爱在林缘看着这些少年白头的家伙，心里估计是在叫骂，这帮蠢货，又有什么热闹可赶？乌鸫显然也是这块土地上的原住民，它们喜欢在树杈间向上跳跃。一会儿，把头扭过来，又扭过去，朝上歪着头使劲瞅，瞅了半天，却还是翩然飘下，两个盘旋，便到了地上。虎斑地鸫是带着浓厚乡土气息的农家小伙，一身沾染了泥尘与水浆的短装，使它看起来格外精神。它勤勤恳恳，在落叶覆盖的土坡上辛苦地开掘，希望找到一两只倒霉的蚯蚓。

在山头的南端，最高的一棵枯树之巅，一只大杜鹃弯曲了尾羽，趴在端头尖锐的枯枝上，一动不动，随风摇晃。猛然发现，让人不由一惊。这个平素里就难得一见、除了在繁殖期也难得一开金口的家伙，落寞地栖在上面，突然间整座山的画面颤动不已，叫人心生黯然。

小路西侧，倒是四季常青的样子，密植的樟树，正在缝合树顶的天空。条丝缕缝之间，树梢上几痕游云晃动惊疑，似乎在啃吃仅有的一点亮光，让人一下子不知所措。

我是不大去西侧的林子里的，尽管那里的枝条是流莺的旅行客栈，是山雀们打尖的行舍，但我宁愿不走进去。那里有坟，有名有姓，或者有名无姓的主儿，在百年之后哪里也不愿去，就留在了那里。林子里非常的昏暗，我曾经跟着雨珠一般细腻的鸣声进入，却跌进了那里为数不少被草叶覆盖的深坑中的一个。噗的一声，我下去了，爬起来立定，正要低下头检视膝盖上被破碗盏划破的伤口，坟冢那抔盖土上的一蓬枯草便摸到了额头。

山的中段，有一条小路往东下去。秋天，枯叶落尽，眼前变得开阔，我喜欢从那里下去，尽管山脚处是片水洼，为成片的苍耳占据，我也实在不愿走一段回头路。我曾经在诗里说，向往死在荒僻的路上，也有那一点点意味。但走下去的路，在春天里也却未必令人开心，那里有一个甬道，有更古老的碑，碧苔映染，更加荒凉。下得数十步，有一间废弃多年的老屋。有一群羊羔养在昏暗的屋子里，大白天也只能看到模糊的身影。那些受到惊吓、在墙角靠紧了的、未来温驯的牺牲品，在青天白日里闪耀着红亮的眼珠。那里也有一株桃树，在屋子前面，有如嫁给春天的新妇。枝条密集，花蕾如新雨初蘸上枝条，却歇着一只昏聩的老斑鸠。

这都是去年春天里的事情。现在是秋天，我愿意走到最高处，在山的最南端，那片巉岩之上，我不用到林子深处，只消用一副望远镜，便能看清林子里的一举一动以及山脚下的农舍，鸟生人世，都不过如此。

巫子山岛下

巫子山岛对面的小山包，包括长条形的一片海域，遮蔽在长山阴影的一翼之下。那里有一个废置多年的水文观测站，一片由樟木、紫薇、含笑、苦慈竹、桂花树与夹竹桃夹杂，恣意生长的树林。持续的高温天气，从海面上吹过来的风燠热无比，潮水不断地翻卷，亮晃晃的，灼得人两眼生疼。这几日夕阳西下，我只是在水泥凳子上静坐。

通常，凳子上会有二十到三十泡石灰垩一样的东西，大多是鹭鸟经过天空时洒落的。暮晚，它们拉长脖子，争先恐后地对着林子俯冲，像微型战斗机一样叭叭地“投弹”，丝毫不会理会凳子上的人。那种酸腐的东西，总是让人闪避不及，往往溅得肩上、裤腿，甚至额头与胡须都是。至于凳子上那些发黄或者灰暗的深坑，如果没有长久留心地观察，你不会明白，也是那些东西的杰作，一种意想不到的力。腐蚀之后，雨水冲刷，便留下了如此的时光印迹。我的车已经有两个来月没有洗了，昨天我发现，两大滴大白鹭的稀便干结之后，竟然深深地吃到了车盖的油漆下面，再也洗不掉了。

凳子上还有沙虫一样的粪梗，那自然是小鸟们的。不管如何，小鸟们结成一队站在凳子边上，小鸟们三三两两地印上湿漉漉的脚迹，小鸟结成伴在那里呢喃，小鸟孤单单地一只在那里发呆，都是充满诗意的画面。

人坐在凳子上时就不同了。它们会飞到树冠高处。我得仰起头，在叶隙与枝杈间不停地调整角度，避开刺眼的光线和风的干扰，才能寻觅到这些可爱的小不点。有时候，我会走到林子边上，解下不幸撞上网的小家伙，把它们一一放回去。它们的伤势如无大碍，我会小心地拢起它们的肩，送到空中。如果拉开它们的翅膀或是抓住腿脚，那么，我就是折磨它们。它们只有一个愿望，就是飞，迫不及待地飞，自由地飞。你要是拉着翅膀，它们就会在飞起的那一瞬失去平衡，扭塌肩架。你要是抓住脚，它们就会打着旋，拍打翅膀，折断松脆的腿骨。阿弥陀佛，我曾经这样伤害过草鹨和斑鸠。

这几天傍晚，我有一两回听到了煤山雀的叽喳。可是我抬起头来，它们却只在稠密的叶片间吵闹，和我捉迷藏，我能看到的只是它们的肚腹、尖尾，或者半个仰起的脖颈和喉部下标志性的黑色纵纹。显然，它们意识到了树下的情况，谈论的或许也正是这个话题。它们在竹杈间跳跃、闪避，在竹叶婆娑之间对话，甚至在弯下来的竹尖上提醒、劝说与抢白，“呀，树下有个陌生的访客！”并且打定了主意，如果我不离开，它们就再也不会下来。反倒是我会想到更多：我和它们之间的默契，我们之间的秘密。虽然我在那里温驯得像头老牛，可是始终不知趣地待在那里，终于让它们失去了耐心，不久就飞到了林子的那一边。

从林子边上飞过来又过去的是白腹鹟。它们的性情害羞又胆怯，但也是更加聪明的鸟儿。当然，我也承认我对它们格外偏爱。说起来，棕头鸦雀偏过头来的样子，已经足够娇憨，但与这小鸟儿一比，就差了好多。只要白腹鹟偏过头看人，那小小的脸孔就有十分的娇羞伶俐。只那一双明眸，恐怕再也没有哪种鸟儿比它更加令人迷醉。占据了瘦小面颊的大部分、若隐若现淡白的眉棱下，细柔丝线嵌合的眼睛圈，把眼珠子勾勒得又大又圆，顾盼之下，莹莹光华流转，好像只要再大出一点点，一不小心就要突破美的严格比例。

它们反复地飞过来，斜剪了身子一掠而过的试探，显得十分谨慎与保守。这套把戏我自然领会，这些天我忍着酷热，正是在此恭候“小”驾光临。这些有心计的鸟儿，运用了适当的策略。起先，两三只衔尾飞来，在嬉戏中追逐，似乎不经意地偶然经过，又打闹着撵了过去。停顿一会，接着呼地就是一群欢快地飞过来，似乎非常得意，成功钻入房子后的树丛。然后，它们绕过树林，离林子远远的，在两片林子的视线空当处翩然进入另一侧的树林。

我的耐心得到了回报。也只有当它们洋洋自得之时，我才能得偿所愿。几次三番，它们飞过来，越来越接近，最后竟从我头顶上掠过。这是第一批，七八只鸟儿，掠过我的头顶，马上分开队伍，变成几个小分队，隐入我身后。我不以为意，仍然静坐在那里。果然，第二批也跟着飞来，如果我猜得不错，这应该是一年大的成鸟。它们调皮多了，竟然从废弃的窗子中间穿越，从一面墙的窗子里斜穿过另一面墙的窗子。唉，这些没有经验的鸟儿！

大约是傍晚七点一刻的样子，我的担心得到了印证。一只白腹鹟砰的一声，撞在了残留的玻璃片上。我赶着过去，把它握在了手心。它全身抽搐着，像个溺水的孩子一般无助，柔软的身子在我手心里颤抖个不停，手掌皮肤上的细腻摩挲竟让我难过得无法自抑。当那双无辜的大眼睛就那样茫然地望着我时，我只能去看天空里无数正在变黑的细密树叶。前因后缘，早在一念之间决定。阖上眼睑，它的羽毛开始变得粗硬，我把它渐渐变凉的身体随手放到了一株紫薇的根部。

朝夕葫芦山

天色未明，林子间异常安静。站在一棵松树檐下，湿漉漉的松枝微微下垂，时不时有露水滴落下来，打在头顶、肩膀和鞋面上。屈指算来，离我上次光临葫芦山，两年多的时间已经在指缝间悄然滑过。我在心里默默地告诉自己，还早，还得耐心点儿。前年十二月下旬的一天傍晚，我在离山脚下不远的护堤河边，也是这样静静地等待，而我最终也确实等到了那激动人心的一幕。一只罕见的黑喉潜鸟，享用完刚刚捕获的战利品后，把钢蓝的长喙高高举起，在急流中支起半个身子，双翅微开，左右耸动，就像个打了胜仗的将军凯旋……

这样的事情可遇而不可求，你永远不知道下一刻将要发生什么，但冥冥之中，机缘似乎早由天定，等待着赐予有心人。隔着狮子山那一丛黑影，看得不甚分明的是一片大海，不停地翻动身躯，低沉地吼叫着。不久，山腰下面升起了白雾，沟壑里一片竹林的顶冠，竹叶针芒在飒飒风声中，闪耀着点点露珠。渐渐，眼前也清晰起来，一团团含笑和山茶也在山石之间显现出来，青郁郁地逼人眼眸。

葫芦山下的沼泽地，新的一天已经展开。极目向西，高高的天穹，一垄又一垄云片，像是刚刚用犁铧耕耘过一样。苍天底下，芦苇、蒲丛与莎草点缀在水洼之中，向着天边绵延。沿着山脚，一条大路顺势围起来，又把它们阻隔开来。天地之间，只有一个孤单的农人驾着拖拉机迤逦向西，迢迢不知所终……

当我在沉思之中被唤醒，鸟儿们在山间的鸣叫与剥啄声也就愈发清晰。这些声音似乎穿透了林子里的所有间隙，甚至每一片山石，整座山，一点一点，全都被击穿、洞透。山坡上，草丛中，木叶间，我的眼里，全是鸟儿活跃的身影。“哔哔——咭，哔哔——咭”，煤山雀已经在树冠间相互呼应。在灌木顶上到树冠下的这一段空间里，黄腹山雀从一根树干飞跃到另一根树干，就像一片片椭圆的树叶，它们三三两两地追逐，甚至绕着树干攀缘上升，尽情地嬉戏，十分满意自己的领地范围。

我只需要稍加留神，在向四周逡巡的当口，偶尔稳住视线，集中注意力，就能看到鸟儿们更加隐秘的活动。离我大约二十米远，两只画眉悄无声息地潜入灌木底下，它们在腐叶上蹦跳，捡拾食物。出其不意，一只突然竖起身子，侧偏了头左右摆动两下，接着再向前跳上两小步，这才完全放松警惕，吹哨儿一般地放声鸣叫“咭——唧，咭噫咭唧——，咭噫咭——，咭噫咭——，咭咭——吁以——吁以——”。待到它的叫声停下，在山脊另一边的坡地上活动的一小群，俗称“傻画眉”的斑鸫，也开始鸣叫了起来。它们三三两两，挨挨擦擦地挤成一团，一边觅食，一边从唇吻间发出“咭叼——曲曲——，啾啾——”那婉转轻柔的鸣叫，宛如在林间的薄雾丝带上滑过。

白头鹎是不常在地面活动的鸟儿，大多数时候，它们警觉地飞来窜去，只在树木之间转移。现在，一只独自站在树梢高声鸣叫，一小群却在枝杈和树冠间打闹追赶。我惊讶地发现，就在此时，空地上，居然也有那么几只，学着麻雀一样，蹦蹦跳跳，间或漫不经心地啄上一嘴两嘴。这样安闲无拘的生活，还有什么不能放松下来?

不仅仅是它们，眼前的这一切，于我，也是轻松快意的生活啊。我知道，再过一会，太阳升起来，山椒鸟便会跃上高高的枝头亮开嗓子，“叮——”“叮——”，那样震彻山林，在微风中袅袅送远的鸣叫，更会有说不出来的绵延无穷的意味。这只是无数个日子中，一个再寻常不过的早晨罢了，但却给我的生命带来别样的意义。

当我一大早扎好领带，拎上公文包，奔赴在上班的路上；当我坐在办公室里面对成堆的信函和公文，忙不迭地拨打电话、发送传真；当我脑子里几乎一片空白，打起精神，还在冗长的会议里苦苦撑持；当我脑子里飞快地搜寻恰当的言辞，在觥筹交错的宴席上应酬，我确信我过着一种充实的生活。但我是否就能因此断定，从来没有辜负过我的年月？

我只有离大地越近，心里才会越来越踏实。徜徉于河畔林间，沐浴在阳光和风声之中，周匝一片鸟语花香，人的心里自然而然涌出种种喜悦。表面上，人，身体发肤受之于父母，得其养育成长，受益于师长，进入到人群与社会的洪流之中，周旋于事物与人际之间，是为建功立业，赡养父母，养育子女，造福社会。而实际上，若是真正问到了自己的内心，学会如何处置自己的内心，便会知道那一切过往究竟都是什么。人，仿佛是从一阵清风里而来，转眼就置于阳光雨露之中，开花，凋谢，生命轰轰烈烈来过，又静静寂寂去了，在大地里安息长眠。

我这样感慨说道，无非是问自己的心罢了。倘若换了别人，不免会讥笑我的酸腐气息，实是半点也较不得真。我在这里发痴发疯地呆想，眼见着东边又升起了红霞，把一个天空也映照彤红。织女的七彩布匹铺开，在天河里浣洗，而羲和小小的车辇从天的尽头，缓缓地驶来。继而，从云层间隙里渗漏出条条金蛇，灼灼地照亮了潮头翻卷的海浪。对我而言，我已经肆无忌惮地挥霍掉了一个清晨，殊不足惜。随着地气变暖上升，我思忖着在林子中间可以随意西东，往来逡巡，采摘花草，追觅光影。到了正午，再简单对付着充些饥，在林荫下美美地睡上一觉，一直睡到日头西斜，我便能领略到另一番风光。若与那些壮怀激烈、孜孜不倦、指点江山的雄才伟略相比，充其量，我也只是个眼界与手段都不甚高明的偷儿。而这，也就是我在浮生之中偷得的一点闲情雅致罢了。

傍晚，我在葫芦山上引颈东望，数十洼塘水，随着风，在天宇之下，不时泛起银白的光芒，夕照把层层的苇子镶上道道金边的同时，也不忘描绘上条条黛黑的暗影。十数条或青，或红，或是银亮的小河，在苇丛中穿插，回环交错。那或许本就只是一条河，从葫芦山和狮子山上泄下来的水，向东而去，最终汇集到了海堤边那一条辽远的长河里。我心里一动，决定到山下去。

车在山坳里启动，沿着山脚边的土路，徐徐向着海堤边驶近。道路一侧，不时有惊起的雉鸡，它们“阔咕——”一声，忙不迭地飞起，飞到了山脚近处的灌木丛中。一些白鹡鸰，一路在车前面飞着，似乎在给我引路。我也饶有兴趣地放慢车速，借以观看它们飞行的样子。一只只蜷曲了一条腿吊在空中，另一条腿却贴紧了肚腹，身子一纵一纵，起伏地往前飞行，那吃力的样子，好像随时就要停歇下来。我还注意到，车旁边的小河边里，前方不时有浮游着的黑点，待我将要走近时，却一下子就没入了水面，消失得无影无踪。这些小把戏小伎俩，它们卖弄得不亦乐乎，而我也乐得看在眼里，在心里头默默玩赏。那些跳起来，在空中翻筋斗一样扎入水下的自然是潜鸭。向着对岸游过去，没入水面，又在前方不远处浮起来的多是小䴙䴘。只有黑水鸡在近水岸的苇丛中浮起来，栖息在苇叶下一动不动，掩耳盗铃似的，装作你发觉不了它。

车渐渐地驶近海堤，越来越慢，到了流水漫延

潜浮的䴙䴘

的路面低洼处，也就停了下来。周匝都是水，一条河流的开始与数条河流的结尾在这里达成默契，握手言和，最终消失在大片的水域之中。芦荡里的水铺开去，茫然无涯的样子，稀稀疏疏的芦苇枝梢在残阳映照的水面上瑟瑟地抖动。一大群水鸟扑棱棱地飞起，向着芦苇林的上空飞起，盘旋着，盘旋着，不知所踪。一两只不知名的小水鸟，牵扯了水线朝远处游去，听到车子熄火的声音，才若有所悟，停了下来。

这久疏人事的野外，宁静的水域，似乎就要陷入广阔无边的静寂里，只听得到我一个人的呼吸在慢慢调匀。许久，冷冷清清的水面上才慢慢有了响动。几只红脸潜鸭，在离我不远的水面上浮起。更远处，贴近芦丛，十几只鹊鸭一字儿排开，头尾相衔，商队似的浮漾在水面上。就在我车窗下不远，一只胆子超大的绿头鸭，正在水流回环的地方做着叼水草的游戏，而我也终于看清了，一只，两只，三只，它们整支队伍散落在苇林中间，正自如自在地觅食。

天色愈发地暗淡，一大群栗树鸭飞了回来，“呱沥——呱沥——”地叫着，在空中盘旋，最终落到了护堤河边的黑泥堆上。

鹊鸭

尖山见闻

一直有个奢望，就是在海边租块地，一万亩，不，或许一千亩就够了。想一想，在山脚下的木屋旁，背倚长林，远眺大海，看着光影流动，这该是件多么愉快的事情。我既然有了这样的一片土地，劳动也就必然会成为快乐的重要组成部分。我可以把作物一直种到海水边上，在大海白色的裙摆上再镶上一道绿色的裙边。至于夜晚，我回到木屋休憩，煮上一盆豆子，就着阵阵野花的香气细细咀嚼，风声与涛声在苇子上传递，透过窗户，看到一个巨大的银盘在天上缓缓滚动，这真是再幸福不过的一天。

我这样的想法多少有点痴人说梦。事实上早就有人付诸实践啦。沿着大尖山山脚向南，在与沼泽地毗邻的荒滩上，一伙河南、陕西的农户在那里开垦了连顷的田地，夏天他们点播西瓜，入秋则是栽种甘蓝。事与愿违，从我与他们的聊天中得知，他们累年艰辛劳作之后的所获往往有限得可怜，时乖运蹇，形成于遥远洋面上的热带风暴，不时会带来令人绝望的飓风与咸湿的海潮。

只有数不清的鸟儿和植物才是这里的原住民，是这片土地真正的主人。算下来，我来这地方前后不下四十次了。沿着长长的海岸线，从秦山向大北山进发，经过南木山、高阳山、紫云山，一径穿过刘文山山口，抵达大尖山，这一路上都是鸟儿栖息的绝佳场所，仅鸫鸟的种类，约略就有二三十种之多，况且这里还是整个华东地区候鸟迁徙的最大中转站。除去鸟儿，就是植物。众多的河汊在杭嘉湖平原上奔流，途经肾脏一样的湿地，最终争先恐后地跃入东海，给这里带来了暖湿的气流与丰沛的雨水。自然的垂眷如此慷慨，养育了种类繁多、足以令人眼花缭乱的水生与陆生植物。要真正了解这一切，领悟永恒的天空、大海，以及大地的意义，就没有理由不来来回回地深入体察。

浙北的夏天算不上是出游的好季节，室外的气温往往高达四十度。凌晨四点，我独自驱车，目的地直指大尖山脚下的湖泊与沙滩。道路曲折蜿蜒，路面也崎岖不平，但我的兴致始终不减。摇下车窗，凉爽湿润的海风如同缎子般在双臂上吹拂缠绕。经过一个镇子，穿过长达四千米的由榆树浓密树冠搭就的穹顶，再经过一个镇子，又在约五千米长、满是穗子缀挂的枫杨树树阴下穿行，重新抵达另外一个镇子，这样的行程竟使我一度有了置身于童话秘境里的愉悦。紧接着，驶出镇子，在开阔的原野上，我看到成群的鹭鸟，心里不觉就升腾起了另外一种奇异的感觉。阳光渐渐明亮，它们顺着光线照射的方向持续飞行，翩飞的羽翼如同耀眼的银箔闪闪发光。这样在我车前飞行了一段，它们突然折转，向东对着阳光飞行，我这时看到的就是一个一个灰黑的“人”字了。我知道我们的目的地是同一个，但它们的道路却永远了然在胸，全由它们在时空中自主决定。它们将比我更早到达那块水草丰美、鱼虾众多的地段。

汽车不觉间驶入了满是车辙与尘土的乡野小道，在星罗棋布的鱼塘、无人看管的水荡之间蹒跚，道路比上次更加难行，有一段路可能是推土机在旧路上新推出来的，两旁的黄土筑成一道“巷子”，竟然高过了车顶。汽车底盘不断传来与湿泥巴摩擦的声音，不远处的荻草间不时惊起觅食的尖尾沙锥，这让我心里不由得阵阵发毛。前年的一次抛锚所带来的灾难，至今还让我后怕。好在颠簸一阵，终于冲上了一条石子路，虽然砾石在车身上打得噼啪直响，心疼之余，心下毕竟还是安泰的。说出来也不怕笑话，我从东南方向多绕了很远的路，只是为了查看途中的一株杠板归。杠板归是长相奇特的蓼科植物，先头尖，盾形叶片，基部呈截形或心形，浅绿或鲜红的茎上密生倒刺，因其形，或又因其能治蛇伤，所以俗称犁头草、蛇不过、蛇倒退。我喜欢的是它的藤蔓顶端和它的果实，别的蔓生植物多是尖尖的触须，它的头部却是像极了一个小电阻，果实密挨，三四个聚在一起，依照结出的时间长短，或白，或绿，或呈深蓝，晶莹剔透。去年秋天我第一次看到它，马上把它当作是心头爱物。依稀记得上次的地方，跳下车来，发现今年它已经重生，不由得大为快慰。只是它的邻居，一株海洲常山，长得比去年更加茂盛，侵占了它大半的地盘。我取下相机，拍完照片，默然祝愿一番，才前往尖山脚下的湖心岛。

汽车回转向北，再绕一个大圈，就抵达了大尖山脚下的东西湖。眼前的景象让我叫苦不迭。上次进入湖心岛的土路已经全被蓬蒿遮蔽，密匝匝的蒂头不时地袭击双眼，况且夹杂其间的飞廉蕾头上的尖刺也扎得人心烦意乱。这样步行约二十米，最后不得不放弃。返回来，从外湖的水荡边另辟了一条道路，路两边倒是好，丛生的都是叶片柔顺的植物。灰藜、田菁、飞蓬，这些喜水的家伙，居然都长到了一人多高。灰藜是讨人喜欢的，幼苗可食用，掐下植株顶端嫩芽，清炒或凉拌，味道甚好。蝶形花亚科的田菁，不只是十分耐盐碱，而且不怕水涝，即使水淹到颈部，只要顶端露出水面，也能成活，从这个角度上来说，它们比芦苇的生命力还要旺盛。海边的沼泽地往往都是成片的田菁，即便秋天走到生命尽头，它们也是兀自卓立，硬匝匝的枝条直面秋风。至于飞廉，它们完全可以称得上是菊科植物中的美人，花葶高举，擎起的是白玉盏一样的花朵。不过，它们也有令人叫苦不迭的时候，当它们枯萎之时，花絮随风簌簌摇落，就会沾得衣裤上都是芒花，若你穿着的正好是件毛衣，那就会越拍打越紧，越拍打越是满身糟糕的风絮。

我将相机的镜头盖拧紧，朝下提着，在灌木丛中走了约二十分钟，穿过一片野桑条和白杨树相杂的林子，最后才好不容易走到湖心岛边上。沿岛一周，尽是遮盖地皮的葛藤和山绿豆，间或能看到星星点点的青葙。用了树条在前面猛力抽打，尽可能赶走隐匿其中的蝮蛇，我才毛起胆子走到了岛上。先前有农人在此开了数垄地，种植京白菜，现在业已抛荒，空地上长满了苘麻、飞扬草、马齿苋，浅洼处则是丛生的水花生。我绕到湖心岛的另一边，树荫庇护之下、林子边缘、水边，绿叶幽幽，挤挤挨挨的遍地“青钱”，让人目不暇接。我喜欢矮小的植物远胜于高大的树木，在于它们的全株离土地更近，它们短暂的一生，更快地诠释了生命的来由与意义。不一会，太阳高高地升起，浇下来的红光把一半的活血丹映照得通红，万千片嫩叶如同陶醉了一般，在风中婆娑起舞。记得我曾经有一次躺在这细柔的草甸之上，醒过来之后感慨，生命中的荣光也不过如此。

待我踩踏经年累积的腐叶，进入林子深处，不时飞起来一两只雉鸡。它们蜷缩脚爪在腹下，从喉间发出粗哑的惊叫，像架笨重的直升机般扑腾起翅翼，慌忙往湖边飞去，我不禁哑然失笑。这些莽撞的家伙，误把我当作猎人，殊不知我才是它们真正的朋友，每一次来都会去破坏掉那些非法行事的鸟网。虎尾伯劳是凶狠且胆大的鸟儿，它不光会模仿其他鸟儿的调调，还能向人找碴，发出“喳儿——喳儿——”的警告。我还在一棵高大的杉树上看到一只大杜鹃，这真是一份意外的馈赠。但我的心思还是在植物上，在潮湿肥沃的腐殖物上，我还特地关注两种植物：龙葵和美洲商陆。龙葵是属于茄目茄科茄属的植物，俗称牛酸浆、野茄子，虽有小毒，却不妨碍它成为有价值的经济药物，现已被美洲一带引进而广为种植。而美洲商陆，却是地道的外来入侵植物，这些茎秆鲜红、肥厚多汁，叶片鲜绿、宽硕的植株，的确绚丽之极，当它们长到丈余，更像是一根红伞柄撑起的翡绿雨盖。可惜的是，它的毒性很强，块茎、茎秆、叶片、果实，无一不富含毒素。两种植物都是从花蕊中“吐出”果实，龙葵是白色的花朵，绿色的龙珠，直到成熟，才转为荧光流转的靛蓝、青黑；美洲商陆则是从穗状的花蕊中一粒粒“吐出”珠子，带了细柄，青绿、朱赤、酱紫、蓝黑的粒粒果实，浑如乐章上谱写的音符——如此绚烂，几近魅惑人心，却又让人不得不提防三分。

由于在林子里待得太久，浑身已经湿透，又加上牛虻叮咬，我在林子里拍完照片，走出湖心岛，从原路返回海岸边。这个季节，泽漆已经完成生命历程，有几株蔷薇科的金樱子还回光返照似的开着稀拉拉的花朵，但大多花瓣已经凋谢，结出了刺梨。现在，是蓬虆发力的时刻，它们努力地蔓延，正准备迎接花期的到来。放眼望去，星星点点的白鹭在海沟边觅食，与我一样，它们专心致志地在开展自己的工作。万顷沙滩上，海三棱藨草一直铺到天边，真是壮观的景象。几个农人正在抓紧收割，但我知道，无论多么卖力，穷尽这一生的力量，他们也割不到尽头。在我给他们拍照之时，他们还偷闲和我搭了把话：以后到我们家买羊啊，它们全是吃这“海丝草”长大的呢，环保得很。的确是这样的吧。

在尖山的沼泽地里

数月来，我都在尖山一带活动。眼前的一切，与往常相比，没有什么异样。远处，大海永无休止地咆哮鼓涌。近处，小山、湖泊和沼泽不动声色，一如既往的宁静。虽则这样，我的心里却是一片雪亮，山脚下的榉树，翠绿的树叶已然转为铁红，眼看着冬天就要如期来临。

过去的时光，留下了深长而美好的记忆。无数次，我在尖山的山顶极目远眺。向西，湖岸清晰地向前延伸，最终和长长的海堤衔接，海浪和湖水也就依此分隔。滩涂上，碧绿的莎草望不到边际，它们随风吹拂，茎秆上跃动闪耀的光芒，涌向天涯尽头。大地无言，湖岸边平整的田畴，在房舍的注视下静静地承接秋光。

若我把视线收回，转而向南，就能看到散落在树林、菖蒲和芦丛之间，大大小小数十面明镜，这些湖泊、荡子和洼地，时断时连，勾连为一连串的水体。

偶尔，云朵凝滞不动，长时间地停留在空中，映照在水底，把天地之间衬托得愈发辽远和空阔。更远，越过湖泊和林木，我能看到数条堤岸横陈，并排铺开去，最后的一条才是海堤。海堤外，潮线翻滚，永无宁息。海堤内，数不清的塘堰星罗棋布，点点洼洼，竞相反射白光，耀人眼目。河流，这片土地上最为活跃的水体，一条条，一道道，小白龙一般向前，此起彼伏，一条在这里低下了身段，另一条又在那里，在视线里浮起。

仅仅这些是不够的。因为鱼虾、青蛙、水蛭，以及田鼠、蛇和无数的昆虫，这片领地才变得富有生气，它们在这里繁衍生息，度过多姿多彩、缤纷的一生。而鸟，是这里的主宰，当之无愧的最高统治者。所有的这些，只有将它们全部看作一个整体，才可称为尖山脚下的沼泽地。

许多时候，我是在海边、湖滨，在湖心的小岛、河汊拐弯的地方，在水流冲积形成的沙洲上，在沼泽地中间，默默地观察鸟儿。是的，我不会飞，但我长着一颗会飞的心。近来七八年间，我在此不停地穿梭往来，它们的生活，所有的喜怒哀乐，映在我眼里，全都铭刻在心。

一年中的四个季节
我有大部分时间在这里，我有第五季
水洼，青苔，田菁，芦荻与水蓼
田鼠，还有水鸟，都是时间
我相信万物是一种时间，是标记
富有隐秘而独特的刻痕
我的老福特车总跟不上我的靴子
因为我的心太远，一旦走进湖边的泥泞
它就会停下来埋怨，喘出粗气
而垦荒的农人放下镢锄，在手中玩弄
帽子的戏法，嘲笑它的无知
亲爱的，这有什么关系呢
你就趴在湖边，做一只结实的老乌龟吧
我当然会走得更远
风能走多远，我就能走多远
你看，我来了，来了，就这么来了
湖岸消失了，大海酣睡在远处
天色晴明，转瞬下起了大雨
消融只在一时，又在雨后还原
沼泽不断延伸，不断裂开
我仿佛走上一位思想者的脑球体

一边踱步，一边搜寻着什么
多少个日夜，犹如槽枥间烦躁的牲畜
不时地刨击地面，我们在等待什么
而年复一日，爬行于人际的网栏
活像一只只伺机而动的蜘蛛
难道唇焦眼枯，费尽心力
仅仅是为俘获精致的糕点，塞进
喉底的深洞？而对情欲毫无餍足地追逐
像蛤蟆背上的癣疥，不时挤出毒汁
留下了无尽的忏悔与痛苦
还有什么，装扮成一只颇有教养的鹦鹉
举止得体，博得廉价的掌声？
是如何蒙蔽了心智，让我们如此昏聩
谁又遗失了铜镜，不能照亮灵魂深处的黑暗
为什么不能在沼泽边缘种几畦甜菜
养一条土犬，和一群草鸡
坐在木屋里听听风声，过上简朴的生活
你孜孜不倦，翻阅典籍
勤耕不辍，是为毕生虚无的事业
却不知朗诵累牍的诗章
不如去看一行飞起的白鹭

生命在于悠游，固守自我本然的渺小
这些长达一丈的商陆，假使上天
再给它一百年，也不会长成一棵大树
但它如此从容，茎管里力的催促
结出了秋天的果实，而芦荻
在深达零点七米的水中，就此止步不前
一岁荣枯，在白头中安身立命
多么自由自在，多么舒服的无用啊
吐着泡泡的虾蟹和小鱼儿
数不清的黑水鸡，潜鸭，鸊鷉
在水里觅食与嬉戏，拨动水光
而苇莺的鸣叫，尖细，清冽
震颤的尾音，直接撩拨了心弦
不仅仅如此，每隔十米
黑线姬鼠刨出一个凸圆的小土堆
雨点巧为雕琢，这风中的埙阵
呜呜地和鸣，吹奏出一组自然的乐章
而我长久地凝视一只青蛙的眼珠
看到了和善，安宁和那份坦然
成年的月神蛾没有嘴巴
不吃不喝，完成交配的使命

已经收敛石膏绿的翅翼，静静地死去
是啊，人生这样的短暂
何不放慢我们的脚步
我所受到最为深刻的教育，不是书本
是在这里，在这蛮荒沼泽地里
有时，我停顿下来
掉进看似浅壑的深坑
一片搭在泥巴上的青苔，下面
却是深及腰际的陷阱
而云，又有怎样的哲理？
当我长时间地躺在沼泽的空地上
看到古奥而又年轻的脸庞
长满了触须，在拉扯，在扭曲
在粘贴，在拼合，我能读懂
云丛中淌下来的泪滴
一只蝗虫发力弹跳，跳起来的
是一根茎秆，露水滴下
你只找到滴下来一粒草籽
在长草之间，水蛇安然地收起牙具
过上隐士的生活，兔子的消逝
竟比滚滚烟尘，比日月都要飞快

这一切让我顶礼膜拜
无限的循环，层出不穷的意外
昭示出造化的神迹
我只是沼泽中间的一个标点
当我寻觅，我是刻度
当我在未知又肯定的命运中终止
我将被衰草的扫把扫除
而我尤为珍惜眼前的机缘，体察
并深爱着，我与万物之间的相互磨损
我借助了你们，在这个尘世站立
在高高的天穹下，沼泽
一只硕大的眼球上不停地游走
孤苦地徘徊，漂泊，终于
全部转换为无尽的喜悦
那浮漾的黄花狸藻，水葱，翡绿的菹草
以及干地上摇摆的苇子，龙葵与青葙
并不因为繁多而分减存在的意义
恰是众生和谐的存在，装点了世界
完整的面目，我以你们为向导
感知精神上的沉甸，如果我向后
我能看到镜子似的湖泊

小山，松林，山道上
若隐若现的羊群，山下静穆的村庄
我不能搬运你们，放置于手掌
倘若我一直向前，跟随水声
跟随水鸟与昆虫，闪耀的光芒
那近了又近了的，乃是自由的天堂
我一直走到大海边上，走到了波浪之上

——《穿过沼泽地》

鸟生与人世又有什么区别呢？日出而作，日落而息，一样忙忙碌碌，四处奔波，一样劳心苦重，疲顿不堪。一样经历着寒暑、饥馑、疾病与意想不到的灾祸。一样有着强弱、大小和尊卑之分，充满了欺骗与谎言，凌辱与杀戮。一样胎毛未干，呱呱待哺，一样踉跄学步，筋骨丰满，一样会对爱情充满渴望，期待友情的温暖与慰藉，一样会老去，孤苦落寞，在时光中了结自己的生命，化为尘土与轻风。鸟的命运，就是我的命运。知其天命，就要更加努力地活着，满怀信心与力量，去面对每一个日子。我相信我的生命已经和这里紧紧地相连，在血脉深处流淌。

坦率地说，我更愿意从我的笔下涌出美，写下美，宽容并善待这个世界，我希望我的文字能够使人的内心柔软，带给人们幸福的憧憬和满足。大多数时候我观察鸟，记录鸟，感受鸟，我愿意用心去写，借助我的心力，我写得耐心而细致，甚至听得到一个字又一个字落下来，它们轻轻地靠拢时触碰发出的轻响。

这些都是多么美妙的事情，三月间，我目睹了沙洲上一场盛大的恋歌会，无数只小白鹭青脚白衣，双翅翩跹，顶戴飘飘，在那里寻找心仪的配偶。转而在七月的一天，日光强劲的正午，我刚好看到一只绿鹭，在渔网的网架底下，逮到一条阔背的鲫鱼。那鱼儿是如此肥厚，甚至它的嘴撑开到极限都不能咽下，但它是何等的骄傲，在那里沉着地僵持，近十分钟都没有一丝一毫地松懈，显露了无穷的耐心。

去年的十月二十日，在湖心的小岛上，我还第一次近距离地接触到大𫛭，这站在食物链最顶端的国王，即便身陷囹圄，也丝毫不肯放下自尊，头高高地昂起，用箭矢一般的眼光死死地盯住我。我心下起伏不定，当天写下了如下的日记：天生的王者，得缘亲近。从鸟网上解下，飞到构树上回头来盯视我一阵才飞走。翅膀拍击，噼啪声如击海潮。头骨坚硬，三角形。眉棱截铁，两道。钩子嘴，盖住下喙。挺出嘴外的舌头，实在不想也不敢碰。镰刀一样的爪子，稍被碰了下就被抓伤。翼展长 118 厘米。

于东西湖湖心岛。

现在是十一月的月底，持续阴雨，雨雾蒙蒙，天地一片混沌。从尖山的山顶往下看，完全看不见清晰的雨脚，雾气在山脚与水面缭绕，只能看见树干模糊的轮廓，影影绰绰，一团团因雨水的浸透变得湿重的树冠，宛如马群在灰暗的天底奔逐，倾力要突破菖蒲与芦荻乌灰的帷幕。我从山道上驱车而下，继而拐向海堤。野葛藤无人修剪，它们肆无忌惮地生长，已经完全掩盖了坑坑洼洼的砂石公路，不时有惊惶的野鸡飞出，“阔阔”地鸣叫，扑腾到密林深处。鹩哥和椋鸟成群地活动，在我车前飞一阵，又停下来一阵，沿路在海洲常山肥硕的叶片和茎秆之间藏身。

最终，我转上一道河堤，在萧瑟的白杨树下行进，道路越来越泥泞，那已称不上是路了，河堤下陷为泥巷，把车身擦得全是黄泥。我只有弃了车，高一脚低一脚地往前走。夏天那些气焰嚣张的杠板归已经枯萎，但果实还挂在藤蔓上，青紫、蓝靛，或是橘红的珠子，就像一个临终的老妇人，怀中堆满了珠宝。春天，极力抽出刺条茎蔓的金樱子，现在只有一条条枯褐的刺茎，挂满了小梨儿一般的刺果。这是不是另外的一种尘世，归于同样的宿命？我无暇沉思，我要踩着那些花开时如同邻家妹妹一样可人、如今茎秆上全是麻点、正在腐烂的飞蓬，选择枯死的田菁站立的地方，选择那些让我放心的硬地，走到开阔的河滩边上。

是的，我看到那些鸟儿了。如我所料，即便在如此恶劣的生存境地，它们还是勇敢地到来了。在宽阔的水面上、水下，在白杨尽力伸开的枝头，这些黑色的大鸟，野生的鸬鹚种群，今年重新抵达这里，这景象再次使我热泪盈眶。五年前，我和我的诗人朋友雨来曾经第一次目睹它们莅临这片土地。那时候这里的生态还好，还没有人着手海塘的开发，没有围海造田这档子事，没有将上万亩甚至十万亩的沼泽地填土推平，没有人穷凶极恶地要将子孙后代们的乐园毁坏得如此彻底。尖山的这一片沼泽地，我敢肯定会在不远的将来，完全消失。整整三年，我都在期待，期待着它们重现，期待它们能够眷念这片曾经养育它们的土地。生命渺小，终究是向下，低于泥土，但在整个存活的生命体中，从来都应该勉力向前，向上，明知那最后的宿命，也不曾真的放弃。不须赘言，用

鸬鹚

这首小诗来表达我复杂的心绪吧：

十一月飞临南方的黑鸟
沼泽地里的白杨才是它们的家
我整天趴在土堆后观察
等待它们，吃饱后
竖起脖子唱歌
那个时刻，嗉囊里，涌动水
或者某种悒郁的东西
哦，灰白的，不
在水底，应该是暗黑的
像死去了很久的
人的脸
十一月的水面下
我没有看到鱼，只有
静静沉睡的树叶
像死者的一张张名片
当它们像鱼雷发射
冲向水底
我能想象那种饕餮
那使我喉头一阵发紧
使我胃里的血液猛地下沉

而在盛宴之后
它们在我昏沉的大脑里唱歌
在阴沉的云底下
唱歌，所有的鸬鹚
整个沼泽地，树枝上的鸬鹚
一起笨拙地摇晃
它们被自己的歌声唤醒

——《鸬鹚的歌唱》

重游尖山

现在爬上尖山容易多了，汽车可以直接开到山顶。十年前，步行登顶，我要花上约四十分钟。五年前，山路拓宽，汽车也只能开到山腰，仍然需要步行一段。

尖山的美在于静穆。背临大海，隔着湖岸，看锥形山尖泛出的清冷光辉。看日出，山的背后映射出或青或蓝或红的日晕，日头稍露，沿着山线晃动，跃跃欲试，突然喷薄而出。看湖水中黛色的暗影，映照得红彤彤的湖水，以及成千上万只沐浴在湖光水色中的水鸟。

登上尖山，向西远眺湖海，是另外一种景象。近处湖面一平如镜，鸟影如豆，朦胧不可分辨；远处瀚海连天，洪波涌荡。凭借高倍望远镜之功，便可分辨出各种鸟儿，看到它们的羽色、翼形、斑纹、眼痕、颊须、喙嘴，甚至于眼轮与鼻孔。

向南，是数不清的水体。大大小小的池塘，纵横的河道，一望无际的沼泽，潮水翻腾的一道白线，其间点缀着濒水植物、挺水植物、浮水植物、漂浮植物和水色加深处的沉水植物。

向北，则是无患子树林、梨园、平畴农田、错落有致的房舍。东向不可辨，尖山纵卧，实为狭长的山体，山势绵延，褶皱起伏，只是一片葱茏。

以尖顶为界，向西约二百米处，山上有山，一座大约十七米宽、三米来高的“假山”，这并非人工堆砌移就，实为天工开物所致。一种假象而已。

现在尖山从山尖下劈约四分之一，向西平整山基，修建了一座观音院，数座寺庙的楼宇。至于那座“假山”，荡然无存，只有绿瓦黄墙，亭柱廊道。

未来的事不可知。现在不独是尖山遭此大劫，沼泽地也未能幸免，我有幸在短短十年间，目睹了“沧海桑田”。我那条津津乐道的“著名”鸟道，从青山开始，往长墙山、葫芦山、高阳山、紫阳山直至尖山，沿海诸山下接的沼泽地，都已全部围海造田，丰富的植物种群濒临灭绝，各种留鸟与候鸟或许需要在“拆迁”之后也来一把“城镇化”。

我能做的事只是记录。斗转星移，海岸线数度变迁，沼泽与农田几番更替，这或许是上天的旨意。

但数座自秦皇开始命名的山峰，遭受到掏洞、削平、挖断的命运，恐怕我们的祖先从未想到，我们的后代也未必都能知道。

我只是一个漫游者。我已经四十岁，仍然有惑。四十岁，歌德开始离开俗务，逃往意大利，美其名曰去研究古典的美。四十一岁，陶渊明彻底归于园田，耕作养年。我在精神上无法与这些先贤相提并论。若我要重新做个农民，身体力行，我也无法成行，断不会有谁给我这个“城镇户口”一分地。这算不算悲哀？

我是一个沿着海岸线悠游的漫游者。过客而已。不为怨憎故，我也无能为力，无奈而已。我写下些无关痛痒的文字，只是作为自己的修行。我力所能及的便是带着朋友们来看看这些正在消失的事物。

二〇一二年一月二十五日，我带着朋友们重新登上尖山，我们一样远眺了大海和湖岸，眺望了那曾经是沼泽地的农田。在山上，我们用高倍望远镜看到了湖面上的数千只水鸟。我们还在一个池塘里看到了四十二只骨顶鸡，其中包括七只雏鸟。另一个池塘，有三四只角䴙、两只潜鸭和一群黑水鸡。

他们以为看到了一些下到海滩上的灰人，走近了，才看到那是近乎一米高的苍鹭。他们惊讶小白鹭飞出水面鲜黄的腿脚，却不知再过几个月就会转化成青黑色，那些雄鸟还会在头顶长出冕刺。这种经历他们前所未有。上千只野生的鸬鹚黑压压从身边飞过的景象，当然也看不到。我看到过一次，但我知道，再也不会有这样的经历。原因简单之极，不用解释。只是我以后仍然会来尖山，我会坚守到最后。就像等待一个句号。

我们从湖边行往安澜塔，忽然就听到了震耳欲聋的轰鸣。是什么，是什么？他们七嘴八舌。我只是默然不语，抬手往前指了指。十一点零四分，宛如阳光下一条腾跃的小白龙，脊椎节上奏响了音乐，斜推向西北方的大海。一线潮来了，它夹在滩涂中间，轰鸣着奔赴，百余只鸥鹭紧跟着上下翩飞。潮水前方，波浪相激，峰潮上下鼓涌，水气折射，竟然形成了类似于群山山包的雾障体。约莫一分半钟，突然烟消云散，化影无形。

而在他们还在议论感慨的同时，突然在东南面传来了清脆的爆炸声。刚才恢复平静的滩涂沿线，黑色的泥水，迸溅起来，如同炮弹纷纷落下一般，不断地炸开，惊心动魄。它朝我们来了，一个人大喊着，先往堤岸上跑，六个人中倒跑了三个。最终，我们停了下来，那是另一条龙，一条黑龙，紧跟来的另一股潮水，是一线潮的后峰，它推向滩涂，正在弥补一线潮冲锋后形成的落差。一瞬间，所有的潮水汇合，激荡相挤，又相拥契合，大海补平，余响平息，只有温情脉脉接着水天的波浪的合唱。

真幸运，他们说，在离家这么近的地方，居然看到了如此多从未看过的东西。大自然本就如此，我只是为他们高兴而高兴。而我心里，竟然又多出了一份欣慰。他们还像孩子一样，雀跃欢呼，相约回去后要写一篇游记。

我的那一篇，就先到这里吧。

第五辑 鸟性人心

笼子，是鸟的克星，鸟的囚室。通常，你会在笼子里看到鼻毛掉落的八哥，浑身沾满粪便的文鸟，脚爪上系着链子的鹦鹉。它们的叫声嘈杂沙哑，黯淡无神，听起来更像是在争先恐后，泣血般控诉。有时候，售鸟的老板会把鸟抓出来，炫耀地摆弄给你看，你会发现手才是真正的笼子。这时候，我多半会抬起头看看天。一个真正喜欢鸟、爱鸟的人会明白，鸟之所以为鸟，在于那颗自由之心。鸟，只有在飞翔的时候才能叫作鸟。

笼子里的囚徒

对面三楼的人家养了两只鸟儿。天光晴好，主人把笼子移到窗外，鸟儿们也就在那里啁啾不停。窗子与窗子正对，孩子温习功课累了，偶尔也会举起望远镜看看它们。孩子说，真美，叫声也好听，真是可爱。我说，是不是我们也养两只？孩子居然沉吟了一小会，说，嗯……不好。

这笼中的生涯我实在是再熟悉不过。用了诸如篾片、竹筋、藤条和铜丝这样的东西，一根根精心组织，竖经横纬，甚至不惜花大价钱做成金栅玉栏，这样造就的“家”，终究都不是鸟儿所想要的。鸟儿的心里自有它们的经纬线。鸟儿横跨大陆，从东到西，从西到东，它们飞过平原、河谷与坡地，还有不同海拔的山麓，会根据地形来选择栖息和觅食的地点；一年四季，鸟儿从北到南，又从南到北，会根据气温和季节的变化，决定是否营巢、交配、繁衍后代、迁徙，或是停留下来过冬。

栅栏既不能绽出绿叶，也不会开花结出果实。笼子能给鸟儿的仅仅是方寸之地和照过来的几米阳光。鸟儿要的是蓝蓝的天，开阔的视野，沿途起伏的风景，以及丰富的食物，风雨的洗礼与自由的空间。最大的悲哀，恐怕还在于笼子不能给予鸟儿“飞”。“飞”就是鸟儿展翅的样子，“飞”就是所有鸟儿共同的名字，“飞”就是天空与大地赋予鸟儿的魂魄。只有用力飞动，血管扩张，血液才会送达到翅膀每一根细小血管的尽头。也只有这样，鸟儿才能振翅翩然飞起，将它们的灵性彻底地展露。

侍候鸟儿不是件容易的事，即使鸟儿习惯了这样的囚禁，也要按时给它们清理粪便，洗澡，换水，要想方设法变换口味喂食，还要带着它们出去遛弯，呼吸新鲜的空气，用阳光给它们养眼。除了这些，还要防着天气突变引发感冒，甚至要提早预防季节转换时带来的传染病。

我幼年时，曾经捕捉过麻雀、灰喜鹊、鹭鸶子、八哥、小野鸡，每一次，我都费尽心思，想把它们变成“家丁”。池鹭的性子十分刚烈，它难为不了人，就难为自己，一刻不停地扑撞，几乎活不过一晚。

雉鸡也是一条路走到黑的主儿，小野鸡出生没几天，背上还没长出粗翎，只有斑马条纹似的几道棕褐与姜黄夹杂的细羽，但已是野性难驯。只要见了一处可以钻进去的孔洞，它就一头扎进去，无论是柴堆洞，还是砖石缝，只要钻进去了，就没有回头路，宁肯钻到窒息而死。即便这些鸟儿屈尊苟全了性命，那又如何，不过是一副既呆又傻的模样。天性使然，当个性遭受扼杀，它们唯有以命相搏，这还有什么乐趣可言?

谈恋爱时，我一时来了兴致，去花鸟市场买来了一对相思子。这是经过数代驯化的鸟儿，果然好养得多。恋爱中的两个人对它们百般宠爱，殷勤侍候。它们也像是要报答我们似的，整天唧啾不已，一个春天似乎都有吟歌不完的爱情。后来，有一天忘了关窗，雨水淋着了它们，雌鸟得了感冒，恹恹而去，而那只雄鸟也就不吃不喝，一灵径直西去……人爱其天伦之乐，鸟亦有它们的悲欢离合，而我害怕这样的别离，这样的伤感。

我是喜欢去花鸟市场的，但我现在除了看看植物，已经很少在鸟笼前驻足。笼子，是鸟的克星，鸟的囚室。通常，你会在笼子里看到鼻毛掉落的八哥，浑身沾满粪便的文鸟，脚爪上系着链子的鹦鹉。它们的叫声嘈杂沙哑，黯淡无神，听起来更像是在争先恐后，泣血般控诉。有时候，售鸟的老板会把鸟抓出来，炫耀地摆弄给你看，你会发现手才是真正的笼子。这时候，我多半会抬起头看看天。一个真正喜欢鸟、爱鸟的人会明白，鸟之所以为鸟，在于那颗自由之心。鸟，只有在飞翔的时候才能叫作鸟。

螟蛉子

近一年来没有去过野外。受过敏症困扰，手上、腿上长满了水泡与疙瘩，痒得厉害时，连法国梧桐的叶子飒飒吹动，都会在心里发怵。我想，完蛋了，我只能老老实实地待在家里。

夏末，身上稍许好些。我偶尔出门转转。镇子里的巷子还有些意味。我往往绕远，绕过靖海楼去画廊。檐影交割，晦明相接，风时急时缓，在那里游荡。高颀的水杉隔着院墙，不时有枯干的杉树枝掉落在青石板上。这是巷子里的晴日景象。换了阴雨天，两堵高墙湿漉漉，因水色而发黑，滑溜溜的巷道像面打磨出来的镜子，光影可鉴。走到巷子尽头，路沉落下去，接到了河边，继而被苇丛捉住，押送到一座小桥，再到桥对岸，一株高大的紫桐前来迎接。路已经变宽，三岔路口，提供了更多的选择。直着向前，依次是童装铺、香水店、琴行，然后，画廊就在眼前了。

推开风铃垂挂的玻璃门，画廊主人见来了人，即去泡茶。我总是站在逼仄的过道前，先看一下两只鸟儿。去的次数多了，八哥早就不像以前那般兴奋，它在笼子里偏过头来看我，脖子略伸一伸，缩回去了事。喜鹊则是俯低身子，好像随时要冲过来，猛地给我一口。

我并不喜欢这只八哥，画廊主人也不喜欢。它会在喉咙里“哦嗬嗬”“哇呼呼”地大笑，也会问好，饿了会说“吃面”，渴了会说“喔（喝）水”，当然也会说“再见”“拜拜”。但是，遇见不喜欢的人它是不会轻易开口的。见它一副爱理不理的样子，我于是拿根麻秆来逗它，隔着笼栅，上上下下，左左右右，它也把头一上一下、一左一右地摆个不停。它气得浑身发颤，翅羽也全部涨开，终于等到麻秆靠近，以迅雷不及掩耳之势啄上一口。我心想，有愤怒就好，总比我现在活得连愤怒都几乎快没了的好。游戏到此结束。

换了书店里的老太太过来，那是另外一副德性。老远听到那脚步声，它就开始“嗯呜——嗯呜——”地哼唱，等到老太太推开门，马上问好，拿了头和身子在她手上亲热地挨挨擦擦，十分待见。鸟与人有缘，看和谁了。她既不喂养它，也不侍弄它，它却偏偏和她要好，好得不得了的那股劲，让人见了眼红。她问它："哦，他们欺负你呀。"它就"嗯哇，嗯哇"地聒噪，孩子似的倾诉个不停。至于画廊主人，除了渴了、饿了，它就发出"哇噢"的命令来指使，把画廊主人当作仆从使唤一般。除此之外，它再无多话。

隔壁的琴行里有另外一只八哥。当年还是雏儿，台风来临时从苦楝树上掉下来。画廊主人因为早有了一只，就把它送与琴行主人。它与琴行主人无缘，每天坐等画廊主人造访。忽一日，它飞出了笼子，栖在一棵高大的香樟树顶上，再也不肯飞回。于是，琴行主人赶紧打来电话，把下了乡的画廊主人急急叫来。画廊主人把手摊开，"嘘——"的一声口哨，那鸟儿也就欢欣鼓舞地飞来，停落手上，竖起身，轮起翅膀，对着它"嗯哇"个不停。说时迟，那时快，手一拢，画廊主人早把它握住，塞入笼中了事。自此，这鸟儿再也不理会画廊主人，任他百般殷勤，终是从此偏过头去，决不再觑他一眼。良缘已尽。

画廊主人的这只八哥，现在整天内心郁结，心事重重。除了痴痴地等那个"她"，别无他想。主人有时心里懊恼，忍不住会去碰一碰它，它也不吭不啄。

“终是你养着我吧”，也许它是如此想的，就任你来吧。但等到他的手一离开笼子，它马上洗澡，用尖喙引了水流，把全身上下洗个遍。主人有气，再伸进手去触摸，它也就完成礼仪程式一般，再洗一遍。两方像赌了气，如此反复，鸟儿洗过三四回澡，抖翅张开，打颤儿似的晾干，主人终是心里恻然，悻悻然离开。

喜鹊是画廊主人的至爱。自从它从窠里掉下来，主人把它从柴堆里捡起，一点点喂大，它就对主人忠贞不贰。没有人敢接近它，它那张嘴啄到手上，完全可以洞穿手掌。野外的喜鹊，它们不乏锻炼，身子精瘦，几乎没有一丝赘肉，我从鸟网与兽夹上解下它们，从头至尾，摸上去就是一把“驳壳枪”架子。这鸟儿在笼子里长大，虽然个性十分活泼，总是不停地跳跃，啄木头，身子还是要圆胖一些。它也爱干净，总是及时打理自己的羽毛，十分光洁。但比起野外的鸟儿，终是要差一些。鸟羽上的那种钢辉色，是因为长期飞行，血液通过毛细血管一直尽力送到羽端焕发出来的颜色。这些螟蛉子的羽毛终是要逊色许多。虽然它的喙一天到晚总是不停地啄磨，如此尖锐有力，但隔不了多长时日，主人还是不得不用剪刀帮它修剪一番。

这鸟儿自知命运，倒把画廊主人当作自己的亲人。主人待它如此之好，它也会帮着主人收拾桌上的小东西，诸如小挂件、笔筒、打火机、耳勺等等，无论主人如何乱丢，它总会叼来，置于一处，暗暗地收藏。笼子门不用铁丝拧上，它也会自己拱开笼门出来，玩够了自己又关上笼门。倘若主人要吃牛肉干，它会帮他剥开，看着他吃下。偶尔也来格外讨“主子”欢心，尝试着吃上一口两口，待到主人吃完，它就把一张糖纸宝贝似的收藏。它也明知画廊主人不喜欢那只八哥——两只鸟儿若是一齐放出，转瞬间它就能骑在八哥身上，作势要啄，只待主人一声令下。主人又哪有那样的心思呢，是它揣摩罢了。看到主人着急的样子，它也就放开八哥，飞到高处炫耀自己的力量。喜鹊的智商竟然如此之高。

海宁有一农户，梨园里的大桑树上有一个鹊巢，人与鸟一直相安无事。一日，农户同帮工在树底下用中餐，借了点老酒助兴，吵闹个不停。鹊巢中的鸟儿竟然飞出来，在他们头顶上拉下一泡屎。农户窝心不过，用竹竿直接捅翻鸟窝了事。喜鹊是迁居别地了，但事情远远未完。待到梨儿半熟，这只鸟竟然引来一大群喜鹊，在每只梨儿上啄剥，不多不少，只啄一洞……我曾在野外看到喜鹊选取配偶的聚会，也曾见到喜鹊送葬的场面。我是说，喜鹊的智商，相较于人，亦不亚于。

南门某集贸市场，肉铺主人也养有一只喜鹊。我每见这鸟儿在菜市场里厮混，同各个摊主都极为熟络，也会觑乖讨巧，讨要吃食。也许它还知道这菜场里的行当，竟然会趁别的铺主不注意，偷偷叼了硬币回家。喜鹊对闪闪发光的东西感兴趣，多有在妆台上丢了戒指、铃铛、珠花、手串与项链的，恐怕与之不无干系。如前所述，喜鹊多有人的习性与心智而已。

无论如何，螟蛉子心里恐怕都有自己的隐衷。把它们放出去，也不会和野外的同类混作一群。喜鹊是这样，八哥亦然。它们和自己的同类隔着段距离对望，既不呼唤，也不做出某种肢体语言，只是相互凝视一阵，然后各自飞走。恐怕也是因为有人在旁吧，若是不在，恐怕也势同水火，即便同类也要相残。这是十分有趣的现象，留待我以后深究。

我心下以为，鸟儿之间应该会感应到对方的体型与力量、对方的生活经历。有没有沾染人的气味，或者说是尘世的气味，那可能是最直接也最易感受到的。这些螟蛉子，幼年失怙，如此生活，怕也是迫不得已。画廊主人，李建军先生，我的潜心潜意画花鸟画的朋友，同样深以为然。

云南人某生，我见他在花鸟市场里一声呼哨，笼子里的画眉便躁动不停，马上朝向他婉转鸣叫，恨不得立刻冲开笼栅，跟着他走。他也十分了得，一般的画眉根本不入他法眼，他只是稍作逗弄，便即刻走开。他自述家中有一只画眉，但也不是“顶尖儿”的“品”，虽然那只画眉的生活月用都已高过他自己的用度，他还是有些失落。他去南北湖的山里捉画眉，空手而去，不带任何鸟具，他吹一种奇奇怪怪、低沉又荒落的口哨，就有画眉飞来他的手上，心甘情愿地跟随他。我百思不得其解。或许，他吹的是雌鸟儿的小曲？好在他只为寻找他心里的那只画眉，从不愿意为恶……他端详一下，听一听它的鸣叫，也就叹着气放了手上的鸟儿。

诗人与鸟

去西山只有两件事，一是去看志摩，二是去看鸟。志摩的墓在那里，衣冠冢，却也并不冷落。一年四季，每每总有一两枝时令的鲜花，静静地躺在石碑下。游人有心，那是志摩生前没有想到的吧。志摩的一生，是“爱”与“别离”。斯人已去，他那首名扬四海的诗镌刻在墓道边的景观墙上，最后的故事与唏嘘埋藏在泥土里。恋爱中的人感念他的痴心，献花与他，或许也寄予了对另一半的期许。外地来了诗人，我总要带他们前去拜谒，一是去凭吊诗人，二是去看这道风景。他们如何想，我不得而知。我自己心下明白，爱与诗歌不死。

前天，嘉兴的诗人灯灯举办诗歌朗诵会，当晚本地的诗人去了很多，也有外地的诗人前来捧场。昨天，照例结伴去游西山。拜祭完志摩，他们上山去了。我却与山东来的青春诗会同学韩宗宝留在山隅。他是害酒，身体不适。而我，当时却是另有一番小小的心思。从长椅正对着的棕榈树树顶望过去，正好是一排高大的榉树和青冈树。它们树冠高悬，洁净的树干反倒像是在密林中开辟了一块空地似的。树底下包围的圆石边，居然跳动着两只画眉。这美丽的鸟儿，一只低下头去啄食，另一只竟然半竖起身子左右观望。满地茶褐色的腐叶，夹杂黑色的斑点，与它棕褐的羽色融为一体，不仔细看还真看不出来，但是它偏过头来，我一眼就看到了那个醒目的“白色眼圈”，和眼圈后延伸的白色眉纹。审视一番后，它可是鸣叫了起来，“啾啾，啾，咭咭，咭噫——，啾啾，咭咭，啾喂噫——，啾喂噫——，啾儿喂，啾儿喂”，几乎是一段完整的唱腔。然而，它们好像大吃一惊，就此扑腾腾地飞走。原来我已在不知不觉中贴紧了棕榈树树干，只是宗宝同学不明白我在那里干什么，走过来时惊动了它们。

这样的事情，我能奈何？二〇〇八年深冬的一个下午，也是在西山上，我在山径上看到一小群太平鸟从林缘飞下来，它们在黄杨与十大功劳之间的坡地上觅食。我赶紧伏下身去，举起望远镜，希望看个究竟。还没等我看上两分钟，石阶砌的山道上就来了两位摩登的游客。男的一头爆炸式的红头发高高耸起，

画眉

女的穿一条肉色的丝袜，这装饰打扮与太平鸟的模样倒也十分应景。可惜他们走过来时，又是吹口哨，又是打响指，还不忘在狭窄的山道上停下来亲吻。他们几分钟内的举动，却把我两三个小时的等待白白破坏，把我的肺也差点气炸。

我只好告诉朋友，这里有鸟。在哪里？他问我。啵，啵，你看这里，那里，都是，我指指点点，对他说。在青冈树的节疤上，树干上，生出的根须上，乱石，腐叶间，蹦蹦跳跳，活跃着一大群黄腹山雀。它们是不太怕人的，“嗞噫——嗞噫，嗞噫——嗞噫”，吵闹个不停，在那里任性地追赶嬉闹，两只一伙，或三只一伙，从地上跳到树上，从树上跳到树下，不停地变换位置。随着飞动，它们眼下的颊斑与颈后的点斑，还有背上的两排星斑，闪烁个不停，它们又扬起翅翼，把两翅下的细羽扇得让人眼花缭乱。还真是呢，我的朋友说，真小啊，也真好看。我只好掩饰内心，胡乱咿咿唔唔作答，算是应付了过去。有时候，和朋友一起出行，我这样敷衍，心里其实非常羞愧，但我也只能这样子作答。倘若我想说得更加明白，反倒是让他们如坠云雾。几分钟的路程，我能看到数十种植物，问他们，他们只会告诉我，看到了树，花，草。我能在几片随风飘起的树叶间看到飞过去的鸟，而他们丝毫没有感觉，好像只看到了树叶间的天空。关注的东西不同，看到的也永远不一样。

朋友们陆续从山上下来了，他们看完了山上的塔。留在山腰的朋友，立即和他们拢成一堆，叽叽喳喳地说起山上的见闻。而我，却只有默然。我来西山数十次，几乎从来就没有过登上山顶的愿望。只有一次，在山脚下，看到一只红隼在塔顶上迎风展翅，曾一欲登临。但它扶摇而上，不知道究竟要飞往何处，让我彻底平息了念头。我曾经写过：

江南风物，恬静、温软与阴柔之美，我以为雨天、水，花雕与丝绸，约得一半；小山平畴，长林碧草，文字风流，那是另外的一半。

我心里隐隐有些东西，深知自己是什么样的人。我向无大志，只是一个默默感受山野清风、鸟音林趣的人吧。志摩的墓，现在被繁密的树冠遮蔽，那里有青霭霭沉下去的树影，而鸟鸣如同星辰一样，漫山覆盖。我与志摩不同，但我理解他的心，九泉之下有灵，他也应该明白我的心吧。我同样相信，自然与诗歌同在，自然也是诗。

鸟与少年

房子右边，木芙蓉树和丛生的苦慈竹连接成蓊郁的一片，鹅卵石铺就的小径显得愈发清幽。微风拂面，着实令人有说不出来的快意。昨晚，我在窗台上静坐，听到竹林那边一阵“涕依——涕依，涕依——涕依……”，那声音微弱，恍惚，纤小得几不可闻，但我听到了还是激动不已，只是苦于天黑，无法前去探个究竟。现在，我从小路上过去，看到它们果真就在眼前！这三只棕头鸦雀见我从小路上走过来，也就急忙从紫荆花树下往竹林里去了。它们还是那般警觉，一边偏过头来察看我，一边在竹枝间穿移。它们移动得太快了，几乎每一秒钟内都要转换三四次位置。有朋友曾经告诉我，这样的移动速度，用气枪是很难瞄准和击中的。想一想，我心里反而有了一丝庆幸。

本地人把它们叫作“毛豆鸟”，在上海斗鸟市场上的斗鸟人则把它们叫作“黄腾”。我猜想叫它毛豆鸟大概是因为它们太小，叫黄腾我却想不出来由。难道是因为它们全身棕黄的羽毛，又善于腾跃？在我老家，它们有另外的别称，有叫“须雀”的，也有叫“丝

棕头鸦雀

雀”的，更多的人则干脆把它们称作“小麻雀”。

它们的确是比麻雀更小的鸟儿，小嘴，小翅，小脚，小眼珠，小尾巴，圆乎乎的身体小球儿似的，密密铺排的都是红棕色细丝一样的绒羽。正因为它们太小，上天也只给了它们一对拇指头一般大小的翅膀，而它们的小尾巴，和插进锁孔里的钥匙前端差不多样子吧。显然，它们是不善飞行的。但这鸟儿又极聪明，它们多是选择在竹林中或木梓树上觅食和玩耍。竹子的植株异常繁密，大概只有风才能畅通无阻穿过。木梓树的枝却是从一个小杈子上分出一个小杈子，一个小杈子又分出另一个小杈子，树杈细小而密集，但并不妨碍它们的行动，反倒特别安全，而它们也真的技艺高超，完全可以称得上是跳跃的专家。当它们从一根树枝跳向另一根树枝时，小小的翅膀扑闪，尾巴轻点，那轻盈的样子就像风中飘动的一片片木叶。

我幼年时可是要跟着它们，一直追逐到苇林中去的，它们到家了，我也就心满意足地走回来。谁还记得那个背着书包、猴了腰身、在木梓树树荫里蹑手蹑脚的少年呢？其实我近来观鸟的足迹，已经越来越远，虽则走着走着，总是走在路上，但走得再远似乎也是在找寻回来的道路。有时不禁要问问自己：为什么我要去找寻那些鸟儿？其实答案早在问题之先，眼前的鸟儿虽不是我过去的鸟儿，但我能够借此找到往昔心底的那片澄明。我真没料到在我屋子边上就能看到它们的踪影，十余年未见，见到它们我却不知说什么好。是一见如故么？

未长大的鸟儿

昨晚到球馆去打乒乓球，门岗的人跑来告诉我，豢养的鹦鹉殁了。我听了，倒也不太吃惊。七月中旬，院子里曾飞来二十来只虎皮鹦鹉的幼鸟。小东西们并不十分怕人，大喇喇地在塔松上练翅，还傻乎乎地往草坪上学飞。这地方没有野生的种群，我揣摩是养鸟人的疏忽，不小心放了它们出来。那几天，院子里的一些大人和小孩自制了网架，真的是忙坏了。国人的心性一如从前，喜欢奴役，也容易接受被奴役。言传身教，掳得一两个家奴，也只是占有，不是出于真正的爱。

我素来喜欢凌晨溜达，台风季节，出去得更加频繁。别人遛弯是为锻炼身体，我是看鸟。湿漉漉的林子里，多的是未成年的鸟。台风平息后的早上，尽管我把脚步放得很轻，仍然会听到噗噗拍翅的声音，不少翅膀下拖的鸟儿，惊惶地钻入灌木丛。也有的呆呆地立在树枝上，死也不肯松开爪子。

台风来临时，屋子里也会飞进来一些鸟儿，它们从敞开的玻璃窗飞进来，在楼道间、卫生间里乱扑腾。前一阵子我就抓到过两只麻雀，小家伙的尾羽还未齐全，秃着个屁股把洗手池里的水溅得到处都是。它们一个飞东，一个飞西，忽上忽下，搞得我手忙脚乱，一脸一身的水迹。后来它们想到了一块儿，一起往玻璃窗上撞，它们向往那片光明，那片光明却不给它们自由。它们累了，就把翅膀半摊开，耸起肩颈上的翎羽，在地砖上转圈，那样子大概是最后的示威，也有点耍赖不想玩下去了的意思。我就忍着笑，拢起它们的肩，放生了事。

八哥是好玩的鸟儿，它们的胆子可大多了。去年台风来临时，就有一只雏儿跳到我朋友的窗前，它歪着头看我朋友吃早餐，头居然也一伸一伸的，怕是饿坏了。我们不理它，故意把面包片搁在砚盒盖子上。朋友还对我挤眉丢眼色，那意思我自然晓得，心里忍不住地暗笑。待我去把窗子打开，它猛地支起身子，甩了屁股就跑。我们装着浑然不知，走到另一边去抽烟。不多久，这家伙果然回来了，跳上桌，先不吃东西，扭头东看一下，西看一下，然后得意洋洋地从喉腔里呜啦啦地拉了一支小歌儿出来，把我们笑得肚子疼。我朋友心里早有了个笼子呢。今年去画廊时，它经常还是那副德性，叫完你好，就在那儿自命不凡地唱歌，有时在笼子里跳上跳下，突然来一句：吃面，喝水。这小精怪看我笑得不亦乐乎，又来一句：抽烟。让人茶都没法安静喝。后来我听朋友讲，它天天来吃东西，慢慢地接近人，不久就和他厮混得极熟，甚至还嫌他喂东西喂得慢，生气得不得了，跳起来啄他的脸呢。

画廊前有条小河，东西对望，两侧是密密的房子。台风从东边来，此地自然是避风极佳处。白头翁的亚成鸟也往这里飞。它早就会飞了，只是翅翼还很娇嫩。你看它顶上，还只是淡白姜黄的头绒呢！有时候早上看到，它就是副筋疲力尽的样子。它牢牢地抓紧树枝，一动不动。只有当人走近了，才会往更高处跳，估摸你抓不到它了，又是一副死也不肯挪动的样子。大抵两种情况，一是已经筋疲力尽，二是被大自然的暴虐真正给吓坏了。成长需要付出代价，活下来可不是件容易的事。人如是，鸟亦如是。

院子里还有鹡鸰的幼鸟，这些小家伙也经常在院子里闲逛。和它们的爸爸妈妈一样，看你走过来，甚至懒得飞，飞快地支起两脚，缩紧脖子就跑，有时跑着跑着，在水泥路上滑一跤，受到了惊吓，才马马虎虎飞那么两下子。小家伙们早就盘算好了，可不要太耗费体力。灰蓝喜鹊的巢高高的，它们向来骄傲，你走到树下又如何，照旧把头举起，懒得搭理你，它可能在想：你有本事上来啊，笨手笨脚的人！它还飞起来，极优雅地摊开翅膀，用长长的尾巴定好方向，滑翔得好远好远，那不啻是种宣告：天空是我们的。简直就是炫耀！可是幼鸟掉下来了，它们就没那么威武了，着急地围着，不知如何是好。小鸟张开嘴巴大叫，成鸟也在那里焦急地喳儿喳儿地鼓噪。这是我不愿意看到的场景，可是也没有什么好办法，它们的巢太高了。我只能看到幼鸟竖起翎羽，叉开两翅，作势和猫儿决斗。它们还是孩子，猫可有耐心的了，一肚子的不屑：你们有一对翅膀，不会飞又有什么用呢，你们那尖嘴哪里抵得住我的獠牙血口，况且我还有两把从不吃素的利爪！

鹊鸲的幼鸟甚至比灰蓝喜鹊还要生猛，除了张开尖喙，耸起双肩，小尾巴还会陡地竖起，张开像一面扇子。可是，这些都没有用。大自然的选择有时就是这样无情，生生地淘汰了它。台风平息后，我也会进入树林，腐叶上落满了牛背鹭和夜鹭的幼鸟，那一幅景象，简直是人间地狱……前些天，我还对门岗有点提议，希望他们能养活那一对鹦鹉。可是，这样的惨景，我是切切实实地爱莫能助。有关鹭鸟我写得够多的了，有心的朋友们可以读一读。写到这里我不免兴味索然，就此打住吧。

雪天的鸟

小时候，不能理解母亲对我们的苛刻。我母亲的口头禅是：这世上只有享不完的福，哪有吃不尽的苦。冬天，下了雪，老北风呼呼地刮着，其他孩子们要么在檐下架起一条腿来“斗鸡”，要么是笼起袖子挽着小火钵向火，而我和弟弟却要拎起提篮去野外打猪草。

天寒地冻，田野里基本上只剩下黄蒿菜，植株很小，我们在雪窝里寻找，用豆铲挖上半天，也只够一小篮。这是个累人的活，腰也要弯断。到底是孩子，我们总要想法子休歇，消磨时光。麦地里，一垄麦子一沟雪，凤头麦鸡很多，似乎也不怕人，那些“懒”鸟儿总是在田沟里静静地待上好一会，才温吞吞地往前走几步。我们作势要撵起它们，它们也只是挺起鼓嘟嘟的前胸，敛起小屁股，象征性地跑上几步。我们不依不饶，在垄沟里追，团了雪球猛掷，一刻也不消停，于是它们一只只一阵小步伐地助跑，起飞。说起来，它们的飞翔也很有特色，排成纵队，逆着风，往前飞几步，又后退几步，这些有修养的鸟儿，不与我们一般见识，似乎永远稳定在麦地上空。将近三十年过去，我印象里依然还是那片铅灰色压低了的天空，新雪梳理出条条黑油油辫子般的麦地，一群黑鹭大衣烟灰袄子温文尔雅翱翔的鸟儿。现在，它们还在飞着，持续地飞，那份记忆永远定格在脑海里。

雪天里，还有些关于鸟儿的趣事。打开鸡埘的小门，那些傻乎乎的公鸡母鸡看到漫天铺开的大雪，木呆呆地不肯往前走，我把牙瓢里的谷子洒在雪地里，它们才一窝蜂地跑上去，在筛子孔一般密密的小凹坑里啄食。麻雀们诡计多端，它们避开虚张声势的公鸡，只在鸡群边缘跳跃，冷不丁赚上一口两口。有时，燕雀也来，夹杂在麻雀群里，在秕壳中寻找细小的碎末。那时候，鸡群已经吃饱，公鸡撑起一条腿站在外圈，另一条提起，做着金鸡独立的架势，母鸡们则团成一团，喉咙里“呜嗯——呜嗯”地歌唱。饿急了，灰蓝喜鹊也来，频频翘起尾巴，急急地啄上一口两口，赶紧飞走。喜鹊是何等高傲的鸟儿啊，它们站在高高的枝条上“喳喳”地鸣叫，却不屑于下到地上，捡食残羹冷炙。有时候，鸡群还在啄食，鹰隼在高高的树梢顶上盘旋，刚才还一个趾高气扬的公鸡立刻变得骨酥腿软，“喀喀喀——”胆寒地报警。传说中，老鹰会把公鸡和母鸡盘旋得大脑发晕，然后俯冲下来，抓起不省人事的它们飞走。我在树林里的确看到鸡被撕开胸脯，只剩下一摊皮毛、碎渣和血迹。小时候，我多么希望看到捕击的那一幕啊，即便我母亲呵斥我认真看紧鸡群时，我还在心里恳求，希望那位“英雄”快点结束准备工作，猛冲下来。可惜我从来只见到它盘旋，一次也没有见到它完成那个传说中的壮举。

一连几天大雪，大地上白茫茫一片。我也效仿课文里“迅哥儿”的做法，在雪地里洒下谷子，支起竹匾，也许是我太笨，麻雀们也太狡猾，我从来没有捕捉到一只鸟儿。我就会傻跑，跟在那些小青年的屁股后面，到雪地里去撵兔子。雪地里都是兔子、田鼠和鸟的脚迹，我们循着脚印猛追，往往追到了脚印交叉混杂的地方为止。无疑，又是空手怏怏而归。那高明的猎手往往跨了河过来，和我们迎面劈脸相遇，扛着的火叉一端果真挂着几只死去的兔子，还有倒挂着的野雉，他们可真威武，我们往往跟着走很远，腆着脸皮求恳，希望能得到一两根斑斓的雉翅羽，好用布条裹扎在铜板上做成毽子，那一切真是让我们羡慕得紧啊。没有关系，我们依然在雪地里跑着，追着，傻乐着。我现在心下揣摩，那时候的心理，倒真不是为了逮到兔子，只是一个借口，为了在雪地里疯癫吧。我们在雪地里追田鹀，它倒是时常能够碰到。它飞得不高，也不快，一纵一纵起伏的样子，好像已经竭尽全力。好不容易，它才找到田角一束割得不太干净的稻茬隐身，我们又赶到了那里，它于是就再往不远处的一丛枯萎的蒿蓬下飞去。这个游戏，我们往往玩到筋疲力尽，满头大汗，颈窝里的热气从棉袄领子上冒出。

这些都是好玩的事儿，只能算作是一种趣味，潜意识里自觉与不自觉地与自然亲近。我现在离儿时的游戏远了，但我仍然会关注雪地里的鸟儿。我到雪野里去，驱车经过镇子，偶尔也会停下来。那些鸟儿，白头鹎、椋鸟、乌鸫、黑头蜡嘴雀饿得狠了，海棠树上雪裹着的果粒儿它们也吃，要是它们找到乌蔹莓枯藤上挂着的果实，就更为雀跃。可是，总有人捏了弹弓，“噗噗”地射落它们，一一装进网兜。镇子边上的山脚，还有一张张鸟网，一只只挂在上面的鸟儿溘然逝去，冤魂幽缈，只有羽毛在风中翻卷。每一个人的记忆里，都会有一座童年的城堡。人心不古，他们现在毫不留情地摧毁了我心中的美好。

我要做的，是沿途撒下些谷粒和麦子。我希望那些蹲在电线上一动不动的斑鸠，在广告牌顶端叉开脚跳来跳去的八哥，在墙垛与柴禾堆上蹦跳的伯劳，全部都能接受这些食物。而那些在白雪覆着的飞蓬顶上相互招呼、不知疲倦地找寻食物的棕头鸦雀更让我心疼，用什么来拯救饥寒的胃囊？我这样替它们伤心并不为过，比起人类的贪欲与恶念，它们的所求并不算多，但愿上天眷顾，能够让它们找到果腹的草籽。

只有越来越接近荒凉的雪野，我才能稍加释怀，心情渐渐开朗起来。那些胆小的鹌鹑，素常里避得远远的，并不容易找寻。皑皑白雪铺满了沼泽地，罕有人迹，而我在河道边上可以看到成串的鸟儿足迹，甚至还可以看到它们在倒伏的芦蒿和野草下面觅食。在开阔的河谷，我还看到数十只休憩的夜鹭，缩紧了身子，像一块块灰褐的石头，静默无声。它们在我视线里的那种从容不迫，安于天命，让我一再地唏嘘感叹。

我转而驱车前往海边的树林。树叶凋尽，树干和枝条裸露出来。积雪雕砌，每一棵树都变成了两棵树，本来的树，和附着在树身上的积雪形成的另一棵雪树。我低垂了头，点燃了烟，在林子里走着，“札札”

的脚步声中，不堪重负的枝条上，雪霰如烟尘般簌簌落下。我在一个梦境里走着，似乎要走很远。那些大白鹭、小白鹭们却并不惊讶，除了偶尔“呱哑——”一声，就在巢穴中安稳地眠卧。而我最终穿过那些静穆的树，穿过林子，走到了大海边上。滩涂上的雪融化得很快，只有稀薄的一层，那是一种心意。雪在大海翻滚的涛浪间落下，坠入黑黑的水中，那又是一种心意。一线潮雪亮的涛头，雪不断地落下来，在浪花里转瞬不见，又是一番心意。苍鹭，那是最喜欢在潮头静憩的鸟，雪落在它们的头上，肩上，身上，落在它们胸脯前随风吹起的羽上，它们一概视而不见。

望海楼头，潮头的雪狮子怒吼
呼唤海岸线上的落雪。于我身后
玉树琼枝掩映，此时的新城连绵，盐堆矗砌，东青门下
种瓜人甘愿老死。于我眼前
苍鹭的心意自足，双肩担起一担薄雪，从滩涂上平缓地
飞起

——《雪意小札·望海楼头》

朱鹮

不止一次看过关中老狼兄拍摄的朱鹮，这也是位爱鸟、热爱自然的人，内心赤诚，摄影技术又好，拍了许多美轮美奂的照片。朱鹮是洋县的名片，也是汉中乃至陕西、中国的一张名片，它生活在那一片“桃源”里，我只能暗暗艳羡，浙北这边没有，我只有惆怅与之不能亲见。

机会还是来了，二〇一八年五月，单位正好安排我去洋县出差。到达时正是朱鹮晚归的时刻，来不及和老狼兄打招呼，把行李扔在招待所，我就和两个朋友赶紧出发了。我们沿着山脚，从所在的厂区出发，直奔此地一处著名的朱鹮“宿地”。

一路上，溪流引路，潺潺水声不绝于耳。两旁的农田里，水稻刚刚灌满浆，沉甸甸的稻子低垂了头，在微风里涌动，清新的稻香味一阵阵沁人心脾，让人迷醉。两位朋友面带笑容，胸有成竹，向我保证一定能看到朱鹮，但我心里还是暗暗着急，不由自主地加快了脚步。

五点半钟，目的地到了。太阳露出金牙灿烂地笑着，一点也不着急，慢悠悠地还在西边大山的尾巴上挂着。对着山峦，隔着一大片稻田，二三十户人家的小村子坐落在高冈上，安静得就像一幅画。村子中间，一块敞地上种满了芝麻，最著名的朱鹮“宿地”，竟然就是一棵树，一棵二三十米高、枝杈众多、树冠巨大的榆树！

两位朋友，一位背了手，眯缝了眼，把头昂起来，面向树顶。另一位，却只是侧着脸看我，在那里微笑。我正要专心搜寻，却不知从哪里跑来一只黄牛犊子，用头在我怀里一阵乱拱，又用脖子和肩膀在我身上挨挨擦擦，把我吓了一跳。它几次三番过来，就是要与我嬉戏，可我哪有工夫和它厮磨，只好忍着笑把这个“捣蛋鬼”一次次推开。见我没有兴趣，它最后也只好蹦跳到一边，用一双涉世未深的瞳子凝视我这个“怪人”。它当然有理由疑惑不解，为什么我就不能像别人，肯和它“亲密”一会儿呢？说不定在它的记忆里，村子里所有的人可都是它的朋友。

我看到了我心仪的“朋友”，在树杈间就有那么一只，略微伸直脖子，正盯着我这个“生人”。一双枝脚细长，挺立于枝干之上，洁白的身子就像一朵硕大的广玉兰花苞，鲜红的前额和脸颊肌肤裸露，承接长长的弧状喙，仿佛是一段新雕刻出来的玉璜，而它的眼睛，沉静、淡然，对我的到来并不那么吃惊。它居高临下，气宇轩昂，又神态优雅，只是定定地打量着我。这样的时刻，让我为它的美惊叹得不知所以，不知不觉按住胸口，把那颗快要跳出来的心脏又悄悄按了回去。

不知过了多久，在我凝神观察的时候，一只，又是一只，它们沐浴余晖，从西天边上破空而来，我看到的是头顶一双又一双尽力张开、翩飞而来的羽翼。它们的飞动如此沉着、舒缓，内翅的羽干和飞羽一片绯红，在夕光的笼罩下，更像是梦幻的芭蕾舞蹈。尤其是它们从高空落下，即将降临的那一刻，头颈和身子后仰拉升，双翅牵引上扬，双脚尽力斜伸向枝干的样子，就像是技艺高超的飞行员成功地把飞机降落在跑道上。

暮色降临之时，直到最后一只，一共十六只鸟儿，停伫在不同的树枝上，仿佛要把整个树冠和空气全部

朱鹮

朱鹮和小白鹭

点亮。这样静谧得近乎透明的美，我连一根指头也不敢伸出，生怕一不小心，就会擦拭掉“梦境”的一角。

回来的路上，我们走得很慢。远远地，小牛犊哞叫了一声，村庄重又恢复了宁静。稻子在四野的黝黯里吐露芬芳，虫鸣阵阵唧啾。农人们三三两两，摸着黑陆续回家，他们劳作了一天，踩着坚实的步子，默不吭声地和我们擦肩而过。也许正是因为这片干净的天地还有和善又勤劳的村民，才让美丽又高贵的朱鹮最终选择了这片家园，我这么想着，心里一阵子兴奋，一阵子又莫名的喜悦。

红嘴蓝鹊

以前在灵隐寺就见过这鸟儿。

它偶然飞来，在寺院里的大树上歇脚，作势抓住枝条的一瞬，长尾巴往下一压，猛地弹起，忽然又把脖颈缩进肩窝，连头带尾地拉成一条直线，张开翅膀飞到对面的山上去了。惊“鸿”一瞥，虽则短暂，那也十分美气了。

后来在杭州植物园又见过一只，从杨梅树上扑腾着飞下，“噼笃”立稳双脚，偏过头来，像是早就深思熟虑过了，轻松叼起树下的果子。见了我，也不害怕，定神观察一小会儿，这才不慌不忙地飞起，绕着树干蹦跳，向上攀缘，三下两下，隐没在浓荫密匝的树冠里。

我见到的这只成鸟，算得上勇武天真。那鲜红的长喙和腿爪，黑黝黝的顶冠和枕肩，蓝汪汪的背覆羽，还有那条拖曳着的、同样也是蓝汪汪的、大概二三十厘米长的尾覆羽，好长一段时间都让我回想。

红嘴蓝鹊

我还记得它带着一脸满不在乎的神情，沿着树干盘旋，蹿入树冠，长长的尾羽扬起，灰蓝与漆黑相间的斑纹，在我眼前晃来晃去。它该是在暗暗地笑我吧，一个看呆了的“傻鸟”，又能如何呢？还不是看它从容地“遁去”。

这是七八年前的事了，只是我一直默记在心，不想轻易动笔。我见过那么多植物和飞鸟，写下的确乎不多。缘分真正到了，仔细了解，好像彼此能观照到对方内心，自然也就会动笔写下来。

彼时年关将近，我们驱车去鄂西的山村过小年，一路上开了十五六个小时。车一停下，就听到厚朴林里一连串骤雨似的暴响。从车窗里急急望出去，一大群红嘴蓝鹊飞到对面山坡下的杜仲林里，惊魂未定地打量着。人，它们不畏惧吧，“不速之客”是车，像只硕大的石鸡，显然已经超出它们的想象……然则对我而言，却是十足的妙事，足以让我心花怒放。既然有如此大的种群，那就可以好好地观察它们一阵了，还有什么比这更快意的呢？

那几天车进车出，上山下山，置办年货、还家，这些鸟儿倒是熟悉得很快，不再有丝毫惧怕。它们翻山越岭，进入山坳，从杜仲林飞到竹林，又从竹林里飞到厚朴树丛里，有时还会互相追击，玩弄打架嬉闹的把戏。这些鸟儿真够莽撞任性，像群孩子似的厮混，一刻也不消停。

偶尔，有树鹨与戴胜路过，它们还会像战斗机一样俯冲追击，撵得其他鸟儿魂不守舍，四散逃离。对那乡下的“树郎中”啄木鸟，它们同样不放过，人家在树干上“笃笃笃”地专心“问诊”，从右鼻腔里伸出两条长长的舌头觅食。它们即刻飞过去“骚扰”，把那一身星斑的“外科大夫”直接撵到了山背后。

面对人，它们也是肆无忌惮，好像它们才是这片山地最早的原住民、真正的主人，所以有恃无恐。有几只格外调皮，跳到伙房外的劈柴堆上，装着“捡食”摊在竹匾里晾晒的木樨花蕾，作践得四处都是。我想，它们是抗议这两三户人家的小村子里突然来了这么多人，要报复似的干一干坏事吧。又有特别胆大的，把羊骨头渣子叼起，避开众鸟，躲进四季常青的肉桂树冠里啄食，完全是一副忘我的样子。

那几天我负责带娃，实则是要仔细地观瞻这帮“土匪”，看它们究竟还有什么手段。弟弟家的孩子民孟也顽皮，挥舞着竹竿去捅肉桂树丛，它们就飞出来，吊起两只脚，从半空中扔“炸弹”似的拉下一泡稀粪。这都是堪称典范的杰作，除了有让人佩服的胆大之外，还有足够高的智商和恶作剧的天性！

有时候，它们又下到溪沟里去。十几只，二十几只，一窝蜂似的在岩窠里打抢，争夺的不过是人们屠宰鸡鸭时扔下的一些内脏罢了。倘若我们拿了网兜盖下去，多少总会有几只“俘虏”吧。当然，我和民孟都不会干这样的事，本着“睦邻友好”的原则，丢几颗石子过去就可以啦。它们果然大吃一惊，翅翼像烟花炸开一般绚烂，一直飞到山顶，飞到高大的山楂树上恨恨地鸣叫。

杀年猪那天，我们都感受到了节庆的气氛。早早的，山坡上的杜仲林、山脚的厚朴树林，还有屋子右侧的竹林里，全是“观礼”的“嘉宾”。我们把猪的肺头、脾脏、小肠分了好多份，全都挂在田畈中央核桃树的枝丫间。

接下来的几天，我们在屋子里生起炭火，吃肉、喝酒，迎接及时赶来的瑞雪。一树麇集的鸟儿，仿佛也安静了下来，心安理得地分享着那份馈赠的年例。

第六辑 人鸟依依

这些日子我想了很久，生怕儿女情长误了你的前程，又恐怕辜负了属于你的蓝天白云的光阴。但你终究是和人一起长大，没有戒备，倘若我就此放手，只怕你一时好奇，就会落入另一只手掌……

喜鹊阳阳

一　试着放飞

照例五点半起床，又听到它在阳台的玻璃门上啄剥。我心里暗笑，只是不理它。

今天不同，过节，儿童节，所以早上在耐心准备。一条牛肉丝、一颗棒棒糖、一瓣苹果，还有一份额外的礼物——一个像恐龙一样扎着红丝带的“小怪物”玩具。我猜想，这些它都会喜欢。

以往的儿童节，我都会提前几天写些童诗。到了节日早上，念给孩子听。现在孩子大了，已经开始自觉地阅读历史和哲学了。我知道这不好玩，但我阻止不了。我有时翻看照片，总琢磨着有什么魔法可以把孩子变回去，变得在膝下时那么大。有什么办法呢，我只有一份幻想了。

喜鹊有二十年的寿命，现如今它长到三个多月，似乎也可以过个儿童节吧。牛肉丝吃完了，又啄食了一口苹果，然后它就左右逡巡一下，贼一样地叼起棒棒糖，扑楞楞地飞走了。

这是早上的一段温馨时光。我的另一个心思，它是不知道的。我计划了两周时间，打算在这个假期把它放飞。

从阳台上往外望，望着对面楼顶的一窝喜鹊、几只麻雀和白头翁大叫，它这样子已经有好长一段时间了。我这两周，在阳台上放了三只盆子，一只装满了土石，一只装满了水，一只装满了沙子。水浴它早就学会了，沙浴也会了，至于在装满土石的盆子里找虫吃的技术，它也心领神会。所以今天，阳台上的窗子全部打开。

它那一飞，真是让人揪心。它怎么能那样飞，居然第一次就飞过了相邻的三幢楼。我的心跟着一点点张开，觉得简直不能呼吸，我有一种冲动，就要从阳台上跳下去，跟着飞过去。我忍不住地大叫：阳阳，阳阳，回来，回来！

它飞回来了，站在阳台的晾衣竿上，在那上面来来回回地跳，我以为它马上要飞进屋了。然而它却再次飞了起来，飞到了邻楼一户人家的室外晾衣竿上，我跑到阳台侧面喊它，它又飞起，飞得更高，飞到了我看不到的地方。

隔了几幢楼，我终于看到它了。它正站在卫生间窗台上，瞧人家刷牙呢！

“它不啄人，你拿个杯子敲敲，它会进去的。”我赶紧说。

握着它回来，我才发现，我趿拉着一双拖鞋，光着个膀子，只穿了条大短裤。不管这些了，我全身都是幸福的感觉，它肚皮上的热度把我的手捂得好暖好暖。我还能感受到它的心跳，有一点慌张，但是十分健康有力。

原谅我吧，这些日子我想了很久，生怕儿女情长误了你的前程，又恐怕辜负了属于你的蓝天白云的光阴。但你终究是和人一起长大，没有戒备，倘若我就此放手，只怕你一时好奇，就会落入另一只手掌……

二　喂食风波

初次见到这只小喜鹊，还是雨天。风把鸟巢吹下来，四只未睁眼的小家伙只会喳喳大叫。几个朋友各分得一只，大家都很有心，想着把它们养活。

我的这只最小，看起来尤为可怜。

你会养死它的，他们说，你太忙了，哪里顾得过来。这话我懂，我知道他们担心之余，还不忘给我一个日后开脱的话头。

我可不要悲伤的结果。我给它取名洋洋。洋洋，喜气洋洋的洋洋。后来又和朋友商量，似乎太过直白，既然有那份关爱，应该是温暖的，就叫阳阳吧。

野外的雏鸟，亲鸟几乎每十五分钟就要飞回来喂食一次，为几只雏鸟轮流喂食，应该是每只小鸟一个小时喂一次。我就这样学着喂它吧。

头两天，下面垫了写完字的粗纸，我把它放进纸盒。纸盒子放在车里，手机设了闹钟，每一小时，我都从办公室往楼下跑。第二天，一个很严肃认真的会议，开了四个小时，我硬着头皮跑出来两趟。我还在心里默念：该扣我奖金，该扣我奖金，的确是不务正业……

就那两天，还有意想不到的约谈。屡屡闹钟一响，我只好急急忙忙地起身，告诉对方："不好意思，稍等，我去拿个快递！"是的，快递，却是我要去送快递，快递一口鸟食！

终究内心愧疚，思忖着这也不是个办法，于是我把它托付给了父母。

一个星期过去，父亲便恨不得一脚碾死了它……他和母亲如是说。母亲说，你敢，你可别当它是“嫌物”，儿子的命根子呢。我事后了解到这对话，颇觉安慰，不免有些开心，母亲大人果然伟大。当然，母亲当着我的面，仍然没有半句好话。母亲说，它是个直肠子，一吃就拉，让人恶心得不行，你这么大的人了，怎么还这样不省事哦，找了个“病”来害我哦……

我承认，它确实有点烦人。一个小时喂一次，一吃完就拉。它把头低下，屁股拱得老高，一直拱到垫纸的最边缘，把屎拉到外面。吃得多，拉得也多，没完没了。所以下班后，我会直接去父母家，早早地把它接回。我也绝不在父母家多待，抱了盒子就跑，倘若我走得慢些，我就会挨骂。“急作宝”“二百五”，我总是被“奖赏”到这样的称呼。没关系，挨点骂不算什么，换一条活着的小命，该是多开心。傍晚到夜里我再喂它四次，看着它出恭四次，这也是快乐的吧。

那天拿去母亲家，它居然还很懂事。母亲喂它，它不吭声。父亲喂它，骂它，也不吭声。小侄女喂它，它也老老实实。谁喂都吃，谁喂都不吭声。要知道，我每天要对它讲多少话啊，它当然愿意跟我叽叽喳喳。我一大早起来，脸不洗，牙不刷，就是一边拌着鸟食，一边和它对话。晚上有应酬，我也要找托辞晚到一会儿，主要是找它聊一会，赖足喂它两次的时间，这才放心出门。

这些都没有什么关系。我有点着魔，但从没讨厌过它。它坚强地活着，就足以让我钦佩和欣喜。至于拉屎，那是天性，本该如此。我不能以人的习惯去要求它，讨厌它。它是一条命，曾经遭受过不幸，既然我们有缘相遇，我就得把它养活。

它也真争气，一天天地长大，两个半星期过去，轮到喂虫，它就会自己吃食了。说起喂虫，我还有个新的发现，它吃完后居然又吐又拉。大约每吃完三次虫，便会从喉咙里吐出一团圆圆的、黄黄的、像橄榄核一样的东西。我用棍子拨开，才发现里面全是虫皮。如果不是亲自喂它，我怎么会知道这个秘密呢。

最好的时光是在周六、周日吧。我早就不用闹钟了，估摸到了那个点，我就会去喂它。一人一鸟，待在一起，逗逗闹闹，时光也不觉着乏味，眼见着它一点点地长大，只有说不尽的开心。

最难过的事莫过于出差，我总是提前备好鸟食，千叮咛万嘱咐，告诉家人如何拌食。还有，要是它拉肚子，你要喂药。土霉素片，用尺子比着，用美工刀划，四分之一瓣；黄连素，要小心切，六分之一瓣。我一边说，一边就低下了头，唉，我得对着面前翻着的白眼。我忍气吞声，唯唯诺诺，心里却盘算着，能让它好好地活下来，那才是最要紧的事。

三　童心谐趣

家里养了只喜鹊，消息往微信上一发，大家都来了兴趣，问这问那。大人告诉了孩子，孩子们也兴奋。可以去看它吗？可以摸它吗？可以喂它吗？它咬不咬人？睡不睡觉？

当然可以来看它，喂它，摸它，只要它愿意。它不咬人，也会睡觉，和人是好朋友。我作为“接待办主任”，接待了好几拨孩子。它也是孩子，孩子们在，它似乎格外开心。孩子们走了，它也开心，和我能闹腾好几个小时。

还没长出长尾巴时，它最黏人，喜欢和你厮混，你一叫它，它就跑过来。你走得快，它在你屁股后面蹦蹦跳跳地跟着。你走得慢，它就两只脚一左一右地走，甩着个滑稽可爱的小屁股。你停下来，它会跳到膝盖上。它还不会飞，为了到你跟前，它会找“台阶”，从地板上，跳到杂志堆上，继而跳到椅子上，跳到你怀里，跳上肩膀。跳到头顶，它就到达目的地了，在你脸颊边蹭来蹭去，亲昵够了，才蹦到桌子上，对着你叫。

大了，长出长尾巴，会飞了，它就不那么听话了。它自个儿玩，到处捡东西，啄东西。你要叫它好几遍，它才过来。若是你有颗糖，有根牙签或有个纸团，它也会飞快地飞来。它好奇，见了新东西，总要跑过来啄上一口两口。你在键盘上打字，就是现在，它也过来凑热闹，啄出一连串的字符，不小心还帮我转换了大小写格式。你在宣纸上写字，刚写下去的点，它奔过去，三下两下，就啄出一个洞。毛笔上的穗子，衣服上的扣子，脸上的痣，它都要去试探一下，啄一口，飞快地跑开。发觉没事儿，又踱步过来，啄几下，咬住，用力地拉扯。

圆滚滚的东西它最喜欢了，会半张开翅膀，跳起双脚追过去，追得不亦乐乎。墨水瓶盖子，茉莉花花蕾，枇杷果实，它都会玩弄半天。家里的不倒翁布偶成了它的最爱，它用脚爪推，用喙尖啄，把它叼起来，从天花板上丢下，看它摔下来在地板上摇晃个不停。推，成了它的最大爱好，一天不把布偶推倒个百十来回决不善罢甘休。

有一次，我去洗澡，刚脱下衣服，它看到了，居然吓得大叫，好像从来就不认识我似的，在屋子里从东飞到西，从西飞到东，如此大惊小怪，让我哭笑不得。洗完澡，它突然又认识我了。我在沙发上躺下，它就大剌剌地走过来，在胳膊上啄汗毛，啄胳肢窝边上的痣。它有自导自演、恶作剧的天赋，当你疼得哇哇直叫时，它就会从喉咙里发出一阵大笑似的咕咕声来。

天气热了，我把布拖换成凉拖，它瞅着我的脚拇趾便来啄。我把趾头一动，它居然吓得屁滚尿流，一个趔趄，顺势钻到桌子底下，又赶紧飞出来，飞到台灯顶上喳喳地叫。老半天才定下神，重新走到跟前打量我，似乎在说，原来你的脚趾是这样的啊。冷不丁，伸长脖子就又来了一口，疼得我忍不住跳起来。

有时候，它还会和你捉迷藏。玩得好好的，突然就钻到哪里不动了。你叫它，它半天也不回应。于是我拿个纸团往地板上一丢，它要么是从书架上面的空隙里飞出来，要么是从沙发底下钻出来，像个剪径的强盗似的，抢了纸团就走。

也有特别安静的时候。当我专心写字时，它见我不理睬，就飞到我的肩头，飞到头顶，静静地坐下来观看。我在沙发上睡午觉，它也会趴在边上，安静地入眠。我假睡，它也假睡。它会睁开一只眼睛闭上一只眼睛地睡。只要你动起来，它就会找你来玩。我压低了声音轻声唤它，告诉它该睡觉了，不停地抚摸它，它就乖乖地蹲下身子，完全闭合了眼睑。这时候，我只需摸着摸着，便能把它的头轻轻地扭过去，塞进它的翅窝底下。就这样，它能美美地睡上半个小时。想一想，当我的孩子还小时，我也是这样轻轻地拍打着孩子入睡啊。

四　成长历程

喜鹊阳阳已经完全是只大鸟了。

想想过去，虽然只有短短的两三个月，我还是觉得经历了很多。

刚开始，它只能趴在纸盒子里，饿了，会尽力张开嘴巴大叫，让你喂它。你必须按时喂食，否则它就会闹肚子。太干的不行，吃了会让嘴角发枯、糜烂、生黏液，大便也拉不出来。太稀了也不行，会拉水样的黄白渍。过夜的食物也不能吃，吃完之后，接连拉稀。所以是一路摸索着给它拌食，尽量新鲜，调得略微湿润一些。

光吃一种食物也不行，羽毛凌乱，毛色发暗，浑身显得有气无力，还得适量地掺些玉米粉、虾皮、虫粉、菜汁、果汁。待到它大些，还要用饵食与虫子、水果粒交替来喂。喜鹊是杂食动物，营养摄入丰富，才会毛色发亮。

吃完了，就是排泄。它爱洁净，方便时会撅起屁股，一直拱到垫纸的边缘，拉在外面。总有免不了弄脏的时候，若是一天都没换垫纸，它就烦躁不安，不愿吃东西，拼命地大叫。

吃完之后，还要保证它能睡好。雏鸟除了吃，整天昏昏沉沉地睡。如若不是脚步声，屋外的一个春雷或是建筑工地上传来的吊架声响，都可以把它吓得半死。它埋下头，浑身绷紧，像块石头一样，微微地颤抖。每到这个时候，我都要走过去，轻轻地抚摸，直到它完全放松。

两周过去，它睁开眼睛，那样看着你，定定地，支楞了头，眼神清澈，足足有两三分钟之久。它是那样的谨慎小心，所以你得尝试着接近它，让它认识和熟悉你，多摸摸它，吹吹口哨，直到它心里感受到宁静为止。

它还不会站立，一直老老实实地待在垫纸上。除了吃食，一动不动。假如换个环境，还在野外，在它妈妈的庇佑之下，它也决计不会跳出去的吧。本能告诉它，跳出去，只有死路一条。这个时候也不能把它放进笼子，容易让它别腿、瘸腿，得适应生长规律，在它身下放些软纸。

我悄悄地观察它，两周过去，它开始拉腿。先是用一条腿尝试站立，伸直，然后匍匐下去，休息一会，接着再换一条腿，撑起来，反反复复地训练。它歪歪斜斜，总是站立不稳，这个过程隐忍又辛苦。一旦发觉有人在观察，它便重新趴下，看一下你，装着什么动静也没有。

除了伸腿练习，便是羽毛的生长。先出来的是肩上的小覆羽，然后是中覆羽，大覆羽。颊毛、颈毛和背毛，几乎是和肩羽同一时间生长出来的。等到这些羽毛长出来，耳朵上的毛才开始生长。飞羽率先长全，尾羽也一点点抽出，胡须也生了出来。

这是艰辛的历程，羽毛从肌肉里抽出，让它浑身发痒，总是在用喙尖啄翎毛的根部。每一片飞羽、尾羽，理完根部，还得让翎管、羽毛在口中一一滑过，一片一片地理顺。至于头顶，它会扭过头，一条腿站着，另一条腿从肚子底下抽出来，跨过肩翅，用趾爪反复拨动，直到梳理顺畅。这个阶段，也是没有法子放进笼子的，怕的是笼子的柱轴碰折飞羽、尾羽，还有头骨。

刚开始，它是个圆滚滚的头，肉肉的。一个月后，头骨开始变硬，一两周的时间，慢慢变得有棱有角，长出那种清癯的轮廓。这时节它虽然跌跌撞撞，但已经十分地顽皮活跃了，总是会跳来跳去，所以我格外小心，生怕它在哪里撞伤。待到头骨的轮廓稳定，眼睫毛也生长了出来，胡髭覆盖好嘴角，尾羽完全伸出，那它就不是雏鸟了。

到现在为止，只有眉纹和胸前的护羽还在生长。我知道，那片护羽最后会像武士挡在肚腹前的甲胄一样垂下来，威风凛凛。它眼睛外还有层薄薄的虹膜，敷白色，在慢慢变厚，变得富有韧性。将来，这层虹膜还会变色，会在炭灰白的底色上，时不时变幻出七彩的虹膜，是哪一天，我不得而知。总之，吾家有鸟初长成，它是一只成鸟了。

腿站起来后，麻烦事也来了。腿有力了，它再也不愿意待在盒子里。它有登高的天性，到了晚上，总是尽量想办法往高处走，一直走到最高处。起先它站在盒子边缘睡，后来从盒子跳到椅背上，再后来它跳到柜子顶上睡。我辛辛苦苦，给它在柜子上方钉了间鸟屋，它也只待了三天，就从鸟屋跳到了晾衣竿上。对鸟来说，也许天空才是终极目标，是它们向往的世界。我忖度，越高的地方也越安全吧。

练习飞翔也是个令人担心的过程，它到处扑腾，哪儿都想飞上去。倘若你走过去，它又以为你不让它飞，所以更加急躁，有时候免不了从墙壁、镜面上摔下，跌上一跤两跤。这都是我曾经担惊受怕的事情，好在现在它已经可以随意飞翔、转弯，甚至飞起来，悬吊了脚爪在空中停顿。它的两条腿就像铁条一样坚硬，趾爪也十分有力，飞到哪儿都能稳稳地抓牢。

谢天谢地，三个多月的时间，它只生了两次病，撞过一次头。两次拉肚子，一分钟就要拉三四次水渍，我半夜里去找药，终于找到一家二十四小时经营的药店。喂好药，我守到凌晨两点，它才缓过劲来。它还在画板上撞过一次头，足足发怔了两分钟。但最终，它又活蹦乱跳，欢快灵敏。它真的长成了一只健康、活泼、有力量的鸟儿，一只可以自由奔跑，随时举翅的大鸟。

五　绰号种种

家里多了只喜鹊，话题突然也变多了。

昨天它飞到书架上，把一个晚清的青花瓷碟子蹬下来，让我心疼不已。其实早在此之前，它还曾把我夹在书架上的一幅画，一点点撕扯出来，撕得粉碎。我的几只毛笔的笔头，也被它钩子一样的嘴尖，撕啊，揪啊，扯啊，弄得残缺不全。家里的植物们经常遭殃，盆栽的虎须菖蒲，它趁你不注意，连根也拔出来，不是一回，是连拔了三回。菜豆树每发一根新芽头，它都会用剪刀一样的喙沿剪断。

这些都是搞破坏，着实让人薅恼。我有时免不了生气，要打它，它却忽地一下飞起，站在我肩膀上。我说道“打你”，顺势把手掌扬起来，它却低下头，嘴巴半合，头上的毛发一起涨开，做出一副害怕的可怜样，“嗯昂昂”“咭嗯嗯”地在你耳朵边叫，好像委屈得要命。我哪里还能下得了手？

它是如此的玲珑乖巧，会讨人喜欢。家里的每一个人它都熟悉，你要是半天不理会它，它就会来找你，跳到你腿上，歪着头看你，寻思着从你手上叼走点什么东西，借以吸引你的注意。它愿意和你待着，腻歪，时不时地做些小游戏。就算偶尔来了生人，只要你不做出过于夸张的动作来，它也会接近你，好奇地走近，猛地一下，去啄啄裤管，把客人逗得哈哈大笑。

如果大家都忙着，那它又有新的伎俩，突然一惊一乍地飞起来，在客厅的天花板下面转圈，大声地鸣叫。它会在地板上做势扑腾，或者索性扑地跌倒，让你不得不起身去看它。你起身看它，它却双脚蹦起来往前跳，突然飞起，滑翔得老远，然后又折转回来，跳上你的肩头。这样聪明的招数，骗着你不得不和它再玩一会儿。

更让人哭笑不得的事在后头！有一天要去上班，忽然怎么也找不到车钥匙，我急得团团转，找到沙发背后，才发现藏在那里。天，孩子的发夹，我的手表，居然也在那里。剥啄下来的金雀花花蕾、菜豆树芽头，还有青苔和几粒鹅卵石，都藏进了客厅电视柜旁边的花瓶里。

它到处藏东西，还很会分类。没有吃完的几截虫子、虾头、鱼刺，藏在皮鞋里。面包渣、馒头皮和饭粒，它藏在饭厅与厨房之间玻璃滑门的齿轮腔里。有些东西我实在搞不清楚它藏起来干什么，眼镜布、小纸条，它塞在地板上的两摞杂志之间。菜豆树根部的泥土里，掩埋了两个纸团、一个瓶盖、两枚硬币，还要翻泥土掩盖，再覆上枯叶。

它无时无刻不在藏“宝”。孩子洗完澡，把头发盘了起来。也许它觉得那是个好地方，一边叽叽喳喳地逗孩子玩，在她面前左飞一下，右飞一下，好像纯粹只是玩躲闪的游戏。趁孩子不注意，它就飞上了她的肩头。这个家伙有衔一连串东西的本事，它的嘴巴就是个临时储物柜。我眼见着它把一粒枇杷籽、一小块橘子皮、一个茉莉花花蕾，一点点用舌头顶出来，一下一下地藏进孩子的发髻里，还要叼起几根头发来遮蔽。

早上我在吃饭，不意它又叼起了一块小虾皮，往我翻折的衣领底下塞。一粒花椒籽，它试着往耳蜗里塞。我和它一起睡午觉，不知什么时候它先醒了，有劳它“小人家”了，从花盆里叼来粒砂石，硬要往肚脐眼里塞……

我已经被捉弄过无数次，饱尝过找不到东西的滋味。有几次，我赶时间，真的十分生气。妻子和孩子却不生气，她们说，太好玩了哦，谁叫你整天乱糟糟，不收拾好东西的，活该！

纵容它的事情还有拉屎。它总是随走随拉，吃完就拉。飞起来玩耍，也会意想不到地从空中甩下来一泡。原来吃饭时，我不让它上桌，但是她们容忍，还要喂它。它小屁股一扭，就在桌子上干上了一坨。

好端端地站在椅背上，它点几下尾巴，就从椅背上泄下一摊。它站在台灯顶上，哗哗地、畅快地又来上一泡。我写字正写在兴头上，它却飞过来，在我面前“呜嗯呜嗯”地叫，卖弄蹦跳的小身段，我停下笔，正要触摸它，它却跳起来，一个转身，在未写完的条幅上干上一“票”。

拉屎是件很不雅的事，不对，应该说是很让人恶心的脏事。我的孩子却不以为意，网络语言把屎叫作“翔”，孩子看到这样，只是给它取了个绰号：“翔总”。每当它翘起屁股时，孩子就会大笑着说，快点，小心，翔总又要签字，签发文件啦。她居然把拉屎的事情也美化成“签发文件”！

好玩的事，却轮不到我。她们要给它洗澡，它就像一个献媚的“小妖精”，在盆子边蹦蹦跳跳。她们说，进来吧，它就真的跳进去了。我在野外看到过喜鹊洗澡，都是用嘴巴含一点儿水，洒在身上，然后用喙尖梳理一番了事。乖阳阳却不是这样，特别享受这过程，它直接跳进去，把尾巴和翅膀摊开，拍打水面，肚皮几乎要全部浸进去。它在里面冲浪似地推着波浪玩。你说，能不讨人喜欢吗？

有时候，她们把洗手池上的水龙头打开，喊一声，它也会飞进去，团团转地淋浴，拍打翅膀，开心得不得了。洗完了，它就直直地站着，把翅膀打开，张着，等着她们用电吹风机吹干。“嗯，乖孩子真听话”，她们说。她们吹完了，手一张，它就跳到手上，跑到客厅里玩儿去了。而我，就得拿个破抹布，在那里收拾残局。因为怕它身上长虫，往往还要在水里加醋，这样造成的后果真的很严重啊，我得一边弯下腰心酸地擦地板，还要忍受扑进鼻子里的阵阵醋酸味。

不管如何，还是觉得享受。以前，我写作、临帖，妻子洗衣服、看图纸，孩子安安静静地做作业，大家各忙各的。现在不同了，家里多了个新成员，大家突然会异口同声地说：“孩子呢？”然后去找它。“宝贝，来我这里。”“翔总，不要在那里签文件。”“乖宝，快来，给你虫子吃。”大家总是这样面带着微笑，一通乱叫……一只小喜鹊，给整个家庭带来无尽的喜乐与快慰，这是收养之初没有料想到的事吧。

六　祸事连连

家里有一个会飞的成员，就会有许多意想不到的事。它有翅膀，去哪里都比你快捷，鬼知道下一步会有一个什么结果等着你。

刚买了几枝鲜花，插进花瓶里，你去把剪下的叶片与茎秆收拾到垃圾桶里，它却飞过来，非得要站在花蕾上。瓶子倾倒，滚下桌面，摔得粉碎。桌子上、地板上，水流得到处都是。你去给电熨斗加水，它瞅见房门未关，就在这一点点空当的时间飞过去，站在衣架顶上。你作势撵走它，它双脚一蹬，连衣服带架子，全部蹬倒在地上。

看书也得远离它，从前它在边上安安静静地待着，盯着你看。现在稍不留神，它就会忽然过来捣乱，啄过来一嘴，一下子就能把一页纸撕碎，让你心疼得不得了。它大了，根本不服管教。

一个天生的捣蛋鬼，走到哪里你都得提防它过来捣乱。厨房的门忘了关，你正在水池里洗菜，不知它哪根筋不对了，呼地一下飞过来，钻到水龙头下洗淋浴。可怜我的半篮子菜……卫生间的门锁不好，容易滑扣，你扯了卫生纸在那蹲大号，它怎么就飞进来了，歪着头研究你的行为。快出去，快出去，你欠身，忙不迭地伸出一只手去哄走它，说时迟，那时快，它一嘴就把你另一只手上的卫生纸叼走，让你尴尬莫名。

门是它最讨厌的东西，玻璃门最恨。明明看得见你在客厅里走来走去，它却进不来，能不恼火吗？

把它关在阳台上，它有多恨啊，来来回回，把玻璃门啄得毕毕剥剥。你在厨房里理菜，做饭，它恨不得啄碎玻璃门，还扑，一次次飞扑上来，摔在地板上。让它闹吧，可不能心软。有一次厨房门没关实，它悄悄钻进来了，在灶台上差点烧掉尾巴。又有一次，从砧板上叼一嘴生猪肉，三下两下，就吞了进去。当天晚上就开始拉稀，拉得羽毛蓬乱，浑身无力，让你一边伺候它，一边大叹长气。

有恨的，也有怕的。说来也怪，手机屏幕、电脑屏幕它都不怕，就怕电视机屏幕。白天，一打开，它就会心神不宁，吓得要死，浑身羽毛张开，满屋子乱飞乱撞，磕磕碰碰。世界杯期间，有一天我把玻璃门关好，还拉好窗帘，刚打开电视，就听到它在阳台上撞得砰砰直响。忽然一下，没动静了。我赶紧拉开玻璃门，它仰面朝天，睡在地板上。翅膀完全抻开，僵直，颤抖着。嘴大张着，舌头也掉出来，歪向一边，口水也淌出来了。我在想，完了，完了，它就要死了。我把它捧起来，翻过来抚摸，又发现它的头在铝合金窗棂上撞掉了一块毛皮，露出了暗红的肉。我用双手合上它，在那里小声地喊，微微地按压。世界上最漫长的一分钟过后，它终于睁开了眼睛。可怜的孩子，它听着我不停地呼唤，一动不动，任凭我一次又一次，轻轻地抚摸。

七　左邻右舍

喜鹊会飞之后，我们把它的家安在阳台。

阳台外的空调室外机背后本来有一窝麻雀，小日子一向过得优哉游哉。新邻居亮相，动静挺大，不仅在那里扑腾来扑腾去地飞翔，而且鸣叫得十分响亮，小麻雀们的心都给搅乱了。喜鹊还停在阳台东侧的水龙头上，居高临下，肆无忌惮地俯瞰它们，一点也不理会“本地土著”们的感受。

两只老麻雀把身子伏下来，翅膀张开，缩紧脖子，像两架微型的战斗机，立刻就要启动出战，摆出了一副誓死捍卫家园的架势。喜鹊却只是自顾自地跳来跃去，权当无视，一副睥睨的神情。于是，麻雀们又改变招数，在空调机箱体上盘旋，团团转，甚至不惜搞起自虐的噱头，从窝里衔出草茎与布条，一阵乱扒。这种荒唐的举动实在是令人费解。老实说，它们恐怕是被吓坏了，一只“庞然大物”入侵，可能引发的“星球大战”，足以令它们心力交瘁，束手无策。

一个上午，两只老麻雀不吃不喝，就是在那里跳来跳去，撕扯东西，煞是可怜。那样子，简直就跟捶胸顿足的人没什么两样。还有，声嘶力竭的叫声，听起来既像控诉，又像咒骂，还有无可奈何的悲鸣。它们还结伙飞出去老远，装作是抛弃家园，又不甘心地飞回，重新陷入“时局的泥淖”之中。

到了下午，两位久经江湖的“老手”才终于看清问题的实质——原来那是一只呆鸟，整天只会像个傻子一样在阳台上晃来荡去，根本不会有什么特别的行动。虚惊一场之后，它们也安静下来，接受了既定现实：咱们两不相干，井水不犯河水。继而又放开胆子，跳到阳台外沿上观察，蹦蹦跳跳，像看西洋景一样地看阳阳。哈，一个傻瓜，它们吃了定心丸，彼此逗闹，欢天喜地，呼地一下飞回，把上午失魂落魄的举动和那如丧考妣般的哀鸣，从此忘得一干二净。

院子里三只白点儿，一点也不慌张。它们瞧见喜鹊在阳台上，就站在下面“叽哩叽哩”地叫几声，再也懒得理会。它们被鹊鸲扑击过，被伯劳追赶过，被八哥撵得滴溜溜地小跑，心肺都差点跑炸。有了这样时乖命蹇的经历，它们乐得做一天和尚撞一天钟，随遇而安。白头翁可是狡黠的鸟儿，它们飞到窗下的榉树顶上，幸灾乐祸地哄笑，呵，可怜的大鸟，不过是又一个螟蛉子。这些，都是阳阳所不知道的吧，从睁开眼睛开始，它就和人在一起，它对人的生活可谓知之甚多，对鸟的世界却是懵懂无知。

五月底的一天，凌晨五点，忽然就听到窗户外面雀鸟的鼓噪。我从书房望出去，才发现阳台外站着一只大鸟。那是一只格外壮实的喜鹊，身躯比阳阳足足大了一倍。见我偷窥，才“唰”地一下，猛扇翅膀飞走。

其实我早知道对面的三只喜鹊，楼顶的老虎窗就是它们的家。有了第一次过来挑事儿的经历，免不了有第二次。第二天早上，阳阳正站在水龙头上鸣叫，那鸟儿就像幽灵一样，悄无声息地飞来。我本以为它们是同类，彼此都不会有恶意，没想到阳阳刚靠近，那大鸟儿就双脚钩紧了窗纱，闪电般地在它头上啄了数下，啄得它傻乎乎地愣在那里，不知道发生了什么事。我赶紧把那个“坏家伙”撵走了事。

吃了亏，阳阳慢慢也醒悟过来了，再也不敢靠近窗纱。我观察过，它有时也予以回击，只不过它还太小，总是吃亏。光顾的频度在增加，那大鸟儿一早就会光临数次。我跑到阳台上，它就鬼魅一般地飞到对面的屋脊上，对着这边大叫。见我进了阳台，阳阳可不理会那些，马上飞上我的肩头，和我耳鬓厮磨，大有和亲人相聚的意思，让人不由得心里一阵发酸。而那一家三口，居然排着队从屋脊东头走到西头，又从西头走到东头，一起鸣叫，一家子得意扬扬，存心要在阳阳面前炫耀一样。

从心底里来说，我至今仍然没有放弃把阳阳放飞的念头。它跟着我们，终究有一天要回到它本应待着的世界里。我忧心忡忡，怕它还太小，不会在野外觅食。它又不太怕人，我更怕它落入不良人手中，好的结局是装进笼子，坏的结局我不敢往深处想象。我宁愿相信对面这群鸟儿只是有领土意识，生怕阳阳抢了它们的地盘。

我有时真的心里生恨，还曾想过把阳台的窗纱剪一个洞，让它们“自投罗网”。这都是要不得的想法。可是我心里五味杂陈，有说不出来的不好受。我也只能小心地防范，让我的阳阳尽量少吃些亏。

这些天，骚扰还在继续。阳阳也终于长了些心眼，它已经学会离它们远远的。我在心里祈祷，阿弥陀佛，大家都不容易，施主们就此放手吧。

后记

杭州湾北岸漫长的海岸线，湖沼众多，河汊交汇，大大小小六十多座山峰与连绵不绝的稻田、桑园，是众多候鸟与留鸟的栖息地。得天独厚的地理环境，让它们在此过境、居留，繁衍生息，同我们人类一起构成了一幅广阔而美妙的生活图景。出于对这片土地的热爱和对鸟类的关心，冀望于绿水青山常在、人与自然和谐共生，我最终写下这本小集子。虽然有长年观察和记录鸟类生活的经历，行笔尤为谨慎，只属意于我个人的观察与体悟，但受专业能力所限，难免会有差讹，敬请各位方家批评指正。

这本小集子，摄影家关中老狼提供了精美的鸟类图片，诗人、翻译家张文武给予了中肯的修订意见，诗人、小说家臧北做了辛勤的校对。在此，谨表谢忱。同时也要感谢诗人米丁、雨来，我们经常结伴而行，在野外度过了许多欢乐的时光。感谢我妻子的理解和宽容，让我的一颗童心在山山水水之间跟随鸟儿一起飞翔。

图书在版编目（CIP）数据

我身边的鸟儿 / 津渡著 . — 南宁： 广西科学技术出版社， 2021.8
ISBN 978-7-5551-0982-2

Ⅰ . ①我… Ⅱ . ①津… Ⅲ . ①散文集—中国—当代 Ⅳ . ① I267

中国版本图书馆 CIP 数据核字（2021）第 112577 号

我身边的鸟儿

WO SHENBIAN DE NIAOR

津　渡　著

策　　划：黄　鹏
责任编辑：李　杨
助理编辑：冯雨云
封面设计：梁　良
责任校对：吴书丽
责任印制：韦文印
图片摄影：老　狼

出 版 人：卢培钊
出版发行：广西科学技术出版社
社　　址：广西南宁市东葛路 66 号
邮政编码：530023
网　　址：http://www.gxkjs.com

新书动态

经　　销：全国各地新华书店
印　　刷：广西民族印刷包装集团有限公司
地　　址：南宁市高新三路 1 号
邮政编码：530007
开　　本：787 × 1092mm 1/32
字　　数：135 千字
印　　张：8.5
版　　次：2021 年 8 月第 1 版
印　　次：2021 年 8 月第 1 次印刷
书　　号：ISBN 978-7-5551-0982-2
定　　价：49.80 元

官方微店